차원통제사

차원 통제사

1판 1쇄 찍음 2017년 11월 23일
1판 1쇄 펴냄 2017년 11월 30일

지은이 | 미르영
펴낸이 | 정 필
펴낸곳 | 도서출판 **뿔미디어**

편집장 | 김대식
기획 · 편집 | 한관희

출판등록 | 2002년 9월 11일 (제1081-1-132호)
주소 | 경기도 부천시 원미구 소향로 17번길(두성프라자) 303호 (우) 14544
전화 | 032)651-6513 / 팩스 032)651-6094
E-mail | bbulmedia@hanmail.net
비북스 | http://www.b-books.co.kr

값 8,000원

ISBN 979-11-315-8459-0 04810
ISBN 979-11-315-8457-6 04810 (세트)

차원 통제사

미르영 현대 판타지 장편 소설

풍운의 북경

BBULMEDIA

BBULMEDIA FANTASY STORY

2

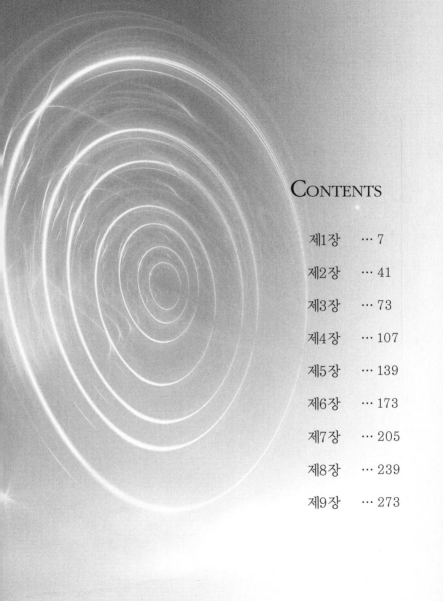

CONTENTS

제1장　…7

제2장　…41

제3장　…73

제4장　…107

제5장　…139

제6장　…173

제7장　…205

제8장　…239

제9장　…273

제 1 장

이곳 천루는 사실 경매장 같은 곳이기에 미리 이야기를 들으면 재미없는 곳이기도 하다.

내가 말해 주지 않는 것이 소소한 재미를 위해서라는 것을 느낀 것인지 아리가 더 이상 묻지 않는다.

얼마 지나지 않아 공연을 했던 여자가 안으로 들어왔다.

"식사를 다 하셨으면 그릇들을 치우겠습니다."

"그렇게 해요. 공연은 잘 봤어요."

"감사합니다."

거의 소리를 내지 않고 빈 그릇들이 치워지기 시작했다.

그릇을 치우러 잠시 나갔던 여자가 차를 가져와 푸른색이 감도는 찻잔을 내려놓더니 차를 따랐다.

쪼르르르!

찻물을 따라 상큼한 재스민 향이 객실을 맴돌았다.

차를 다 따른 여자는 고개를 가볍게 숙여 목례를 한 후에 곧바로 객실을 나갔다.

이제부터 진짜 이벤트인 경매가 시작될 것이다.

스르르르.

아까 열렸던 객실 벽이 천천히 미끄러지며 다시 중앙 공간이 드러났다.

조금 전과는 달리 허리 높이 정도의 대리석 기둥 다섯 개가 원형을 그리며 놓여 있었다.

그리고 기둥 위는 마법진으로 만들어진 원구들이 감싸고 있었는데, 심상치 않은 기운이 흘러나오고 있었다.

아리가 놀랐는지 눈을 동그랗게 뜨며 원구를 손가락으로 가리키며 묻는다.

─ 자기! 저 안에 있는 것, 유물들 맞죠?

─ 맞아. 원래 여기는 유물을 거래하는 경매장이야.

─ 경매장이요?

─ 그래, 공연이나 음식들은 경매에 참여하는 손님들을 위한 서비스 같은 거지. 때마침 오늘 경매가 있다고 해서 여기로 잡았던 거야. 아리가 재미있어 할 것 같아서 말이야.

— 호호호, 그랬던 거구나. 그럼 공연했던 사람들은 일종의 경호원들이겠네요.

특이해 보였던 경호원들이 이해가 갔는지 웃으며 말한다.

— 하하하, 맞아.

— 서비스가 이 정도라면 저 유물들의 가격도 만만치 않을 텐데 자기도 경매에 참여 하는 거예요?

— 유물 중에 가져야 할 것이 있는 것 같아서 참여할 생각이야.

— 하지만 유물은…….

아리가 말끝을 흐린다.

무엇을 걱정하는지 알 수 있다.

— 걱정하지 않아도 돼. 저것들은 자의식은 없고, 고유의 기능만 남은 것들이니까 말이야.

대변혁과 동시에 세상에는 유물이라는 것들이 출현했다.

아티팩트라고 할 수 있는 유물을 얻은 1차 각성자들은 성지라는 곳에 가지 않더라도 2차 각성을 할 수 있어서 강력한 힘을 얻을 수 있었다.

차원 에너지가 밀집되어 있는 성지가 아니더라도 유물에 담겨 있는 차원 에너지만으로 각성이 충분하기 때문이다.

그렇지만 유물에 깃들어 있는 자아가 문제였다.

신격이라고 말할 수 있는 강력한 자아를 가지고 있어서 자칫 얻은 이들이 잡아먹힐 수 있기 때문이었다.

하지만 경매장에 나온 물건들은 달랐다.

자아는 사라지고 고유의 기능만 암은 것들이라 사용하는 데 문제가 없었다.

― 정말이요?

― 그래, 일반적으로 알려진 유물들과는 다른 거니 안심해도 괜찮아.

― 그럼 다행이네요. 하지만 유물을 경매하다니, 중국 정부에서 가만히 있을지 모르겠네요.

아리의 염려도 당연한 것이다.

이 정도의 유물이라면 국가가 관리하는 것이 지금 세상에서는 당연한 일이니 말이다.

― 하하하, 그것도 염려하지 않아도 돼. 회랑처럼 이어진 객실에 있는 손님들 때문에라도 중국 정부에서는 이곳에 손도 대지 못하니까 말이야.

― 경매에 참여하는 사람들이 누군데 그래요?

― 마법진 때문에 옆에 있는 객실들이 보이지는 않지만, 막강한 파워를 지니지 않으면 애초에 이 경매에 참여할 수가 없어. 여기에 참석하려면 최소 S급 진성능력자이거나, 상무위원급은 되어야 하니까 말이야.

― 대단한 곳이네요. 그런데 자기는 어떻게 참여할 수 있는

거예요?

　― 이곳 경매에 참여했던 사람과 특별한 인연이 있어서 올 수 있었으니 걱정하지 마.

　― 알았어요.

비밀이 있다는 사실을 느낀 것인지 아리는 더 묻지 않고 경매에 나온 유물들로 시선을 돌렸다.

　― *지금부터 기대하시던 경매를 시작합니다.*

경매 준비가 끝이 났는지 스피커를 통해 안내 방송이 흘러나왔다.

매니저의 방송과 함께 원구 하나가 사라지고 돌기둥 위에 작은 비수가 나타났다.

　― *첫 번째 물건은 설잠인(雪岑刃)입니다. 눈처럼 새하얀 검신에 다이아몬드라도 한 번에 잘라 버리는 특별한 절삭력을 가진 유물이지요. 저희가 감정한 결과 최소 A급 유물임이 밝혀진 물건입니다. 경매 시작 가격은 100만 달러로 시작합니다.*

'역시 같군.'

중국이라는 땅 안에서 경매가 진행됨에도 불구하고 위안화가 아니라 달러로만 경매에 참여할 수 있다는 것도 재미있는 일이다.

기하급수적으로 가격이 치솟을 텐데 그것을 모두 달러로 낼 수 있는 이들도 특이하고 말이다.

"자기, 백만 달러라니 너무 가격이 싼 것 아이네요?"

"하하하, 저건 기본 시작 가격일 뿐이야. 경매에 참여하는 사람들이 부르는 가격이 얼마가 나올지는 아무도 모르지. 적어도 유물들이니까 말이야."

"경매니까 그렇기는 하겠네요."

"재미있을 테니까 지켜보자고."

누군가 경매에 참여 했는지 잠시 뒤에 방송이 연이어 나오기 시작했다.

— *이백만! 이백오십만! 삼백만! …육백만! 육백오십만! 아!! 일천만! 일천만 달러가 나왔습니다. 일천만! 일천만! 더 이상 호가가 없으면 세 번 더 부른 후 낙찰이 됩니다. 일천만! 일천만! 일천만! 낙찰되었습니다.*

설잠인이라는 비수가 1,000만 달러에 낙찰이 되었다.

이름의 특성상 암살자 계열일 테니 그다지 비싸지도 싸지도 않은 적정 가격이라고 할 것이다.

첫 번째 경매가 끝나고 난 뒤 다시 원구 하나가 사라지고 이번에는 장검 하나가 나타났다.

— *다음은 비혼검(飛混劍)입니다. 설잠인과 같은 A등급의 유물이지만, 이름에서 알 수 있듯 그 특성상 비검이 가능합니다. 경매 시작 가격은 오백만 달러부터입니다.*

방송이 나온 후 응찰이 계속됐고, 매니저는 응찰된 가격들을 계속해서 불러 댔다.

응찰에 참여한 이들이 많아서 그런지 비혼검의 낙찰 가격은 5,000만 달러였다.

세 번째로 나온 유물은 준 S급의 유물로 유성환(流星環)이라는 것이었다.

유성환의 시작 가격은 1,000만 달러였는데, 낙찰 가격이 무려 1억 달러였다.

"대단하네요. 무려 1억 달러라니! 도대체 저게 어떤 유물이기에 그런 거예요?"

"고리 형태의 팔찌처럼 생기기는 했지만 저 유물은 일종의 권갑이야."

"권갑이요?"

"일종의 장갑인데, 무투가들이 사용하는 거지. 서양의 건틀릿 같은 거라고 생각하면 돼."

"저 팔찌들이요?"

"평소에는 저런 팔찌 형태로 있다가 에너지를 주입하면 손목에서부터 변형이 되면서 손 전체를 덮게 되지."

"변형이 가능한 유물이네요."

"맞아. 그리고 그것만이 아니야. 가격이 높은 이유는 저 유물에 다른 기능이 있기 때문이야."

"다른 기능이요?"

"권갑 형태로 변한 뒤에 주먹에서 에너지 볼트를 발사할 수 있어. 진성능력자의 에너지양에 따라 위력이 점점 더 증가하는 것이야."

"그런데 준 S급이라니 이상해요? 저런 기능이면 최소한 S급인데 말이에요."

"하하하, 대단하기는 하지만 S급 진성능력자가 전력으로 에너지를 주입하게 되면 부서져 버려서 준 S급 밖에는 안 되는 거야."

"담을 수 있는 에너지에 한계가 있는 건가 봐요?"

"맞아."

"같은 S급 끼리 붙었을 때 한계 이상의 에너지가 들어가서 부서지면 정말 치명적일 테니까 그렇기는 하겠네요."

아리도 이해를 한 듯 고개를 끄덕인다.

"맞아. 그게 저 유물의 진짜 한계지. 슬슬 다음 경매가 시작되는 모양이니 지켜보자."

"알았어요."

다음에 나타난 유물은 한 쌍으로 이루어진 연검이었다.

'저것이로군.'

이름이 거창하게도 쌍천류(雙天流)라는 것이었는데, 내가 오늘 아리를 데리고 이곳에 온 이유도 저것 때문이다.

쌍천류의 존재를 느낀 것은 북경 상공에서였다.

아리를 통해 북경 전체를 관조하면서 특별한 느낌을 받았었다.

레드섹션을 약속된 장소에 남기며 특별했던 느낌을 추적해 보니 바로 이곳에서 특이한 에너지가 흘러나오는 것을 확인할 수 있었다.

첩보 임무를 수행하기 위해 중국을 드나들면서 간혹 와본 곳이던 탓이 많이 놀랐었다.

유물과 관련한 경매가 있을지도 모른다는 생각에 검색을 했었고, 오늘 비밀리에 유물 경매가 이루어진다는 것을 알 수 있었다,

경매가 진행되는 날에 참가할 수 있는 자격이 있는 이들에게 메시지가 오기 때문이다.

경매를 하기 전에 나오는 음식들도 최고 수준의 것이었기에 겸사겸사해서 예약을 잡고 아리와 함께 이곳으로 온 것이다.

— *쌍천류(雙天流)라 이름을 붙인 연검 두 자루입니다. 환의 형태로 존재할 때는 배리어를 생성하는 기능이 있으며, 연검으로 전환 시 설잠인보다 강력한 예기를 보입니다. 무엇보다 한 쌍으로 이루어져 있어 상호 호출이 가능하다는 것이 장점입니다. S급 유물로, 경매 시작 가격은 이천만 달러입니다.*

쌍천류의 경매 시작가격은 2,000만 달러부터였다.

유물의 특성 설명과 함께 S급이라는 매니저의 방송 때문이었는지 응찰하는 가격이 빠르게 높아졌는데 최종 낙찰가격은 2억 5,000만 달러였다.

― 저것 때문에 이곳에 왔다면서 자기는 어째서 경매에 참여하지 않는 거예요?

― 마지막 유물의 경매가 끝나면 재미있는 일이 일어날 테니까 조금만 기다려봐.

― 알았어요.

마지막 원구가 사라지고 나타난 것은 검은색의 주먹만 한 구슬이었다.

'저건 또 뭐지?'

다른 유물들은 원구에 휩싸여 있으면서도 자신이 가진 기운을 흘렸지만 저것은 아니었다.

아무런 기운도 흘리지 않았었는데 마치 때가 됐다는 듯이 원구가 벗겨졌다.

전에는 한 번도 느껴보지 못한 기운이 구슬에서 흘러나오고 있었다.

'이상하다.'

보는 순간부터 이상한 예감이 들었다.

무엇보다 검은 구슬에서 흘러나오는 기운이 이상하게도 내 심장을 자꾸 두근거리게 만들었다.

'유물인 것은 분명한데 어째서 이렇게 가슴이 뛰는 것인지 모르겠군. 내가 이끌렸던 것은 쌍천류가 아니라 바로 저것 때문이었던 것이군.'

처음엔 쌍천류에서 나오는 에너지의 특이성 때문에 찾아왔다고 생각했지만 아닌 것이 확실하다.

보면 볼수록 알 수 없는 격정이 온몸을 휘감는다.

좀처럼 진정이 되지 않고 알 수 없는 느낌에 혼란스러움만 가중되고 있다.

'처음인 것 같지만 분명히 내가 경험했던 느낌이다. 일단 한 번 살펴보자.'

처음 느끼는 것이라고 생각했지만 아닌 것 같아서 심연의 심안을 최대한 펼쳤다.

'으음, 고도로 응집되어 있어서 그렇지 분명히 그곳에서 이합집산을 하던 에너지들과 닮았다. 어쩌면 세상이 변하기 전의 기운일지도 모른다.'

검은 구슬에서 흘러나오는 에너지들은 처음 느껴보는 것이 아니다.

대폭발이 있었던 곳에서 보고 느꼈던 에너지들과 완전히 같았다.

흘러나오는 에너지의 종류가 하나라고 생각했는데 잘못 느긴 것이었다.

흘러나오는 에너지들이 고도로 농축되어 섞여 있는 바람에 하나로 느낀 것뿐이었다.

'어째서 저런 것이 매물로 나왔는지는 모르지만 지켜보도록 하자. 아직 기회는 많이 남아 있으니까.'

경매장 측에서 검은 구슬에 대해 설명을 할 것이기에 일단은 기다려 보기로 했다.

잠시 후 방송이 흘러나왔다.

— 이제 마지막입니다. 사실 마지막 죄송스럽게도 이 경매 물건은 저희로서도 무엇인지 파악을 하지 못한 상황입니다. 에너지의 종류도 파악이 되지 않아서 이름을 혼원주(混元珠)라고 붙였습니다. 그럼에도 경매 시작가격은 이천만 달러부터입니다. 시작 가격이 이천만 달러로 책정이 된 이유는 쌍천류와 같이 발견이 되었기 때문입니다. 그럼 경매를 시작하겠습니다.

'아쉽군.'

매니저의 설명대로라면 경매장의 주인도 혼원주라는 것이 무엇인지 정체를 밝혀내지 못한 것이 분명하다.

'어차피 내가 가진 돈으로는 살 수도 없다. 마지막 이벤트를 기대하는 수밖에 없으니 조금 더 살펴보자.'

아리에게 말은 하지 않았지만 낙찰을 받았다고 해서 바로 유물을 소유하는 것이 아니다.

경매가 끝난 후에 시작되는 이벤트로 인해 주인이 바뀔 수도 있다.

누구 말대로 돈질을 한다고 해서 주인이 된다는 보장이 절대 없는 것이다.

유물의 진짜 주인을 정하는 이벤트가 남아 있었기에 혼원주라는 물건을 조금 더 살펴보기로 했다.

'으음, 정체를 모르면서도 다들 욕심을 내는 군.'

방송이 끝나자마자 매니저가 부르는 응찰 가격이 빠르게 높아지기 시작했다.

채 1분도 되지 않았는데 벌써 쌍천류의 가격을 훨씬 넘어서고 있었다.

― **오억 달러! 오억 달러! 오억 달러!! 혼원주가 낙찰되었습니다.**

내가 살펴보는 동안 경매가 끝이 났다.

혼원주라 이름 붙인 검은 구슬의 최종 낙찰가는 놀랍게도 쌍천류의 두 배인 5억 달러였다.

"대단하네요. 오억 달러라니!"

"그러게."

"다들 엄청난 부자들인가 봐요?"

천문학적인 액수였기에 아리가 휘둥그레 눈을 떴다.

"그럴 거야. 능력이 되는 사람들만 경매에 참여할 수 있게 되어 있지. 오억 달러라고는 하지만 이번 이벤트에 참가한 이들에게는 그리 많은 돈이 아니니 말이야."

"경매가 모두 끝나면 재미있는 일이 생긴다고 했는데 언제예요?"

"그래, 지금부터야."

"무슨 재미있는 일인지, 아니기만 해봐요."

"하하하하!"

말해주지 않는 것에 심통이 난 듯 입술을 삐죽이 내미는데 귀엽기 그지없다.

― 여러분도 아시다시피 최종 경매가 끝났으니 이제부터 주인을 가리는 시험을 시작하겠습니다. 자격에 대한 시험은 경매한 순서로 진행이 됩니다.

아리의 의문을 해결해 주려는 듯 곧바로 방송이 나왔다.

그리고 멘트가 끝나는 것과 동시에 탁자 중앙에서 기묘한 문양이 새겨진 커다란 구슬이 솟아올랐다.

"어머! 이건 뭐예요?"

"마법진이 새겨진 수정구야. 저걸로 진짜 주인이 누구인지 가리는 거지."

"낙찰이 됐는데 주인을 가린다는 말이에요?"

예상외의 일이라서 그런지 아리가 물었다.

"여기만의 독특한 경매 방식이지. 내가 말한 재미있는 일이라는 것이 바로 이거야. 주인이 나타나지 않는다면 낙찰자가 대금을 지불하고 가져갈 수 있어. 하지만 인연을 가진 자가 나타나면 이야기가 달라져."

"참! 재미있는 방식이네요. 주인이 나타나면 어떻게 되는 거예요?"

"돈을 내는 것이 아니라 이곳 주인의 부탁을 들어주는 대가로 유물을 가질 수 있지."

"우와! 정말 희한한 경매 방식이네요. 부탁을 들어주는 대가로 공짜로 가질 수 있다니."

"그렇지도 않아. 옛날이야 약속이라는 것이 헌신짝처럼 여겨졌지만, 대변혁 이후 변해 버린 지금 세상에서는 돈보다 더 귀한 것이 약속일 수도 있어. 더군다나 능력이 있는 자들의 약속이라면 가치를 헤아릴 수도 없지."

"그렇기는 하겠네요. 존재를 걸고 하는 약속이라면 자신의 생명까지도 걸어야 하니까요."

대변혁 이후 세상 모든 사람이 1차 각성을 했다.

자신의 존재 가치와 의미를 깨달은 이들이 하는 약속은 인과율을 걸고 하는 것이기에 절대 어길 수 없게 된다.

아리의 말처럼 자신의 생명과 존재를 걸었기에 큰 가치를 지니는 것이다.

이곳을 소유하고 있는 이도 그것을 알기에 이런 경매 방식을 채택하는 것이다.

유물을 얻는 자의 약속 이행에 따라서 세상 하나를 얻을 수 있는 일도 생길 수 있으니, 그까짓 돈이야 약속보다 가치가 없었다.

"조금 있다가 쌍천류의 주인을 가릴 때 아리가 그 수정구에 손을 올려놔 봐."

"제, 제가요?"

"그래, 저 쌍천류는 아무래도 아리와 인연이 있는 물건 같아서 그래."

"아, 알았어요."

내 존재의 의미인 심연의 심안에 대해서는 알지 못하지만 내가 진실을 꿰뚫어 볼 수 있다는 것을 알기에 아리가 고개를 끄덕였다.

진짜 주인을 가리는 자격의 시험은 경매 순서에 따라 이루어졌다.

설잠인은 주인이 나타나지 않아서 낙찰자에게 돌아갔고, 두 번째로 시험한 비혼검도 마찬가지였다.

세 번째 유성환은 나도 제법 흥미가 있어서 재미삼아 수정구에 손을 올려놓았는데 안타깝게도 주인이 있는 유물이었다.

그렇지만 주인이 나타났는데도 불구하고 유물은 낙찰자에게 돌아갔다.

무슨 제안을 했는지 모르지만 주인으로 선택된 자가 경매장 측에서 제시한 것을 거절해서 생긴 일이었다.

— 세 가지 유물이 모두 낙찰자에게 돌아갔군요. 그럼 네 번째로 쌍천류에 대한 시험을 시작하겠습니다. 다들 시험에 응해 주시기 바랍니다.

"손을 올려놓으면 되는 거죠?"

"그래. 그리고 아리가 가진 에너지를 조금 흘려 넣어 봐."

방송이 나온 후 묻는 아리에게 내가 고개를 끄덕이자 아리가 조심스럽게 손을 올려놓았다.

아리의 에너지가 수정구로 흘러들어간 후 건물 내부에 새겨진 마법진을 따라 중앙 공간에 있는 대리석 기둥으로 흘러들어갔다.

다른 이들의 에너지도 마찬가지였는데 대리석 기둥에 붉은 빛의 마법진이 떠올랐다.

마법진이 활성화 되면서 쌍천류가 아리의 에너지와 만나 빛을 발하고 있었다.

'역시, 아리와 인연이 있는 유물이구나.'

— 조금 있으면 경매장 측에서 제안을 하게 될 거야. 터무

니없는 것이면 거절해도 상관없어.

— 알았어요.

S급 진성능력자의 약속은 무게감은 다른 이들과는 확연히 다르기에 스킨 패널을 열어 아리에게 주의를 주었다.

제의가 들어오는 것인지 아리의 표정이 묘해지더니 수정구에서 손을 뗀다.

— 무슨 제의가 온 거야?

— 그게 이상해요. 혼원주의 주인이 된 사람을 신명을 다해 도우라는 건데. 지금 당장 결정하는 것이 아니라 주인이 정해진 뒤에 결정해도 된다고 하네요.

— 같이 발견했다더니 뭔가 있는 것 같군. 잠시 기다려봐. 혼원주에 대한 시험에는 내가 참여해 볼 테니까.

— 자기가요?

— 그래, 자꾸 이상한 느낌이 들어서 말이야.

— 그럼 참여해 봐요. 저 아이가 마음에 드는데 자기가 혼원주의 주인이 됐으면 좋겠네요.

— 그래.

소개를 받고 몇 번 오기는 했지만 이곳 주인에 대해서는 잘 알지 못하는데 뭔가 엮이는 느낌이 강하다.

'그래도 위기감은 느껴지지 않으니 어디까지 가는가 한 번 보자. 제의가 마음에 들지 않으면 포기하면 되니까.'

쌍천류에 걸린 제의가 의심스러웠지만 혼원주가 주는 느낌에 이끌려 한 번 해보기로 했다.

— 쌍천류의 주인이 나타나기는 했지만 아직 저희 측에서 그분께 제의를 하지 않은 관계로 마지막 시험부터 시작하겠습니다. 쌍천류의 주인으로 선택되신 분께서는 마지막 시험이 끝나고 나면 저희가 한 부탁의 수락 여부를 알려 주시기 바랍니다.

매니저가 교묘하게 아리에게 한 제의는 말하지 않으면서 마지막 시험을 시작하는 방송을 했다.

무척이나 이례적인 일이지만 다들 혼원주을 얻기 위해 에너지를 주입하는 것을 느끼며 나도 수정구에 손을 가져다 댔다.

'진짜로 내 것이 아니기도 하지만 아닌 것도 아니니 이번에도 될 것이다.'

자신의 에너지를 수정구에 흘려 넣을 수 있어야 하기에 주인을 정하는 시험은 진성능력자가 아니면 참여할 수 없는 것이다.

하지만 나는 조금 다르다.

진성능력자가 아니지만 전투 슈트에 있는 에너지를 끌어낼 수 있는 능력을 가지고 있다.

전에도 이런 식으로 유물을 얻은 적이 있기에 문제는 없을 것이다.

수정구에 손을 올리고 끌어 올린 에너지를 흘려 넣었다.

'전투 슈트를 입고 벗느라 전에는 정말 고생했었지.'

카피를 하며 전투 슈트가 변해 버린 후 입고 있지 않아도 에너지를 끌어다 쓸 수 있어 다행이었다.

아리 앞에서 수선을 떨지 않아도 되니 말이다.

마법진을 따라 내 의지가 담긴 에너지가 중앙 공간으로 흘러나가는 것이 느껴졌다.

'이건 뭐지?'

대리석 기둥에 도달했을 때 강한 반발을 느꼈다.

시야를 유물이 있는 곳으로 돌려보니 붉은빛과 황금빛이 치열하게 대치하고 있었다.

내가 흘려 넣은 에너지는 아리처럼 붉은빛을 내고 있고, 대치하고 있는 에너지는 황금빛이다.

'이 에너지는 나와는 상극이다.'

찬란한 황금빛을 발하고 있지만 안에 서려 있는 느낌은 전혀 달랐다.

음습하면서도 파괴적인 성향을 가지고 있었다.

황금빛 에너지가 내 에너지를 밀어내며 대리석 기둥을 타고 오르기 시작했다.

'어째서 혼원주를 원하는지 모르지만 그렇게는 안 되지!'

파괴적인 기운이라면 나 또한 못지않기에 의지의 성향을 바꿨다.

연한 붉은빛에 가까웠던 내 에너지가 진홍빛으로 색이 바뀌며 기세를 더하더니 황금빛을 게걸스럽게 잡아먹으며 기둥을 타고 올라갔다.

황금빛에서 당혹스러움이 느껴진 후 대항하는 느낌이 들었지만 개의치 않고 에너지를 더욱 주입시키며 폭주시켰다.

— 카오오오오!

갑자기 의식 속으로 포효성이 들려왔다.

내가 주입한 에너지가 감히 반항을 하냐는 듯 포효하며 빠르게 황금빛 에너지를 집어삼키며 치고 올라갔다.

그것만이 아니라 대리석 기둥 위에 있던 혼원주까지 집어삼켰다.

'이런! 멈춰지지 않는다.'

매니저를 비롯한 객실에 있던 자들의 당혹스러움이 느껴져 멈추려 했지만 그럴 수가 없었다.

혼원주와 내 에너지가 만나는 순간, 내가 허락하지 않았음에도 전투 슈트의 에너지가 한계까지 빨려 나가고 있었다.

번쩍!

눈을 뜰 수 없을 정도로 찬란한 진홍의 광채가 기둥과 혼원주를 감쌌다.

진홍의 광채가 사라지고 난 기둥 위에 혼원주는 존재하지 않았다.

'이런!'

― 우와! 대단한 일입니다. 언젠가 있을 것이라고는 예상한 일이지만 경매가 시작된 이래 처음으로 주인에게 직접 귀속이 이루어졌습니다!

'사라졌다. 아니, 내 안으로 들어와 버렸다.'

매니저의 방송 멘트대로였다.

놀랍게도 의지를 가진 유물처럼 혼원주가 내게 귀속이 되어 버린 것이다.

"혼원주가 자기 것이 된 거예요?"

"그, 그런 것 같아."

"히히, 정말 잘 됐어요. 그럼 나도……."

혼원주의 주인이 나로 정해졌다는 사실에 아리가 환하게 미소를 지으며 수정구에 손을 올렸다.

에너지가 유동하는 것을 보면 수정구를 통해 텔레파시로 제의를 수락하는 모양이다.

"호호호, 제의를 수락하고 약속을 했어요. 쌍천류의 주인은 이제 나예요, 자기!"

"좋기는 한 것 같은데 아직 혼원주가 어떤 유물인지 몰라서 걱정이 돼."

"자아가 없다고 하지 않았어요?"

"맞아."

"그렇다면 완전히 귀속이 되었으니 자기에게 해가 되지는 않잖아요."

"그렇기는 하지만……."

내면에 귀속되는 유물을 처음 들어보는 것이라 걱정이 되지 않지만 아리 말대로 해가 될 일은 없을 것이다.

자아를 가진 유물이라도 시련을 이겨내고 완전히 귀속되면 주인을 절대적으로 보호하니 말이다.

— 낙찰된 분들에게는 안타까운 일이지만 쌍천류의 주인으로 선택되신 분도 제안을 승낙하셨으니 이것으로 오늘 경매를 마칠까 합니다. 감사합니다.

내게 제안을 하지도 않았고, 아무런 약속도 하지 않았는데 서둘러 경매를 끝내는 매니저의 방송이 나왔다.

경매가 끝난 것을 재삼 확인하듯 수정구 위로 쌍천류가 스르르 나타났다.

그와 동시에 중앙 공간을 볼 수 있는 벽이 빠르게 닫혀 버렸다.

'이건 도대체 뭐하자는 거지?'

경매를 주최하는 측에서 당연히 나에게 제시해야 할 제안 같은 것이 없다.

이곳 주인이 어떤 의도로 이런 일을 벌이는지 점점 더 궁금해진다.

"표정이 왜 그래요?"

내 표정이 심상치 않았는지 쌍천류는 챙길 생각도 하지 않고 아리가 물었다.

"나에게는 제안이 들어오지도 않았는데 경매를 완전히 끝낸 것 같아서 말이야."

"혹시, 귀속이 돼서 그런 것 아니에요?"

"그럴지도 모르지만 그건 아닌 것 같아."

주인이 죽는다고 해도 곧장 사라져 버리니 귀속된 유물은 절대 빼앗을 수 없다.

나에게 제안을 하지 않는 이유가 그것 때문일 수도 있지만 그렇지는 않을 것이다.

"제안을 하지 않았다면 잘 된 일 아니에요. 알 수 없는 것에 굳이 고민하지 말아요."

"알았어. 일단 쌍천류부터 챙겨. 경매도 끝나서 이제 나가야 하니 말이야."

"혹시 이대로 나가면 위험하지 않아요? 낙찰 받은 사람들이 해코지라도……."

"하하하, 그건 걱정하지 마."

나는 웃으며 자리에서 일어나 객실 문을 열었다.

"어머, 아까와는 다른 곳이네요?"

문 밖은 아까 지나왔던 곳이 아니었다.

멀티플렉스 극장의 발코니형 객실이었는데, 통유리로 된 창을 통해서 스크린이 보였다.

아직 영화가 시작되지 않은 것인지 광고 영상이 보이고 있었다.

"맞아. 여기로 들어올 때는 아까 그 고택을 통해서 들어오지만 나갈 때는 포털을 통해서 다른 곳으로 가게 되어 있어. 경매에 참여한 사람들을 위한 안전조치지."

"이런 포털까지 설치하다니, 이곳 주인의 어떤 사람인지 정말 궁금해요."

"나도 궁금하기는 마찬가지야. 하지만 지금까지 그가 누구인지 밝혀지지 않았어."

주인도 궁금하지만 경매장을 여는 이유도 궁금하지 않을 수 없다.

하지만 지금은 그걸 생각할 때가 아니다.

'자아가 없는 유물이 나에게 귀속된 것도 그렇고, 쌍천류를 얻은 아리에게 혼원주를 얻은 자를 도우라는 제안을 한 것도 그렇고. 심상치 않으니 일단…….'

아무래도 뭔가 조치를 취해야 할 것 같았다.

— 아무래도 심상치 않아.

— 뭐가요?

— 그러니까…….

아리에게 내가 느끼는 것을 이야기해 주었다.

— 그래요. 그러면 어떻게 하는 것이 좋겠어요?

— 혼원주는 내게 귀속되면서 밖으로 표출되는 것이 전혀 없으니까, 지금부터 쌍천류와 아리의 에너지를 봉인해 두는 것이 좋을 것 같아.

— 알았어요.

내 말을 이해한 아리가 아공간에 쌍천류를 집어넣고 자신의 에너지를 봉인했다.

— 어때요?

— 확실히 느껴지지 않으니 그 정도면 됐어. 어서 여길 나가자.

— 그래요.

아리의 손을 잡고 극장 객실로 들어서자 열려 있던 포털이 닫혔다.

"자기, 제가 가진 통신 장치에 뭔가 떴어요."

아리에게 초대장이 떴나 보다.

"그건 다음 경매에 참여할 수 있는 코드야. 낙찰을 받거나 주인으로 선택된 참가자만이 누릴 수 있는 특전이지. 경매가 있고, 자리가 남아 있기만 하면 언제든지 참여가 가능하니까 잘 기억해 둬."

"알았어요."

아리는 흥미롭다는 듯 고개를 끄덕이고 있지만 나는 조금 아쉽다.

이상하게도 내 스킨 패널에는 코드가 전송되지 않았으니 말이다.

'유물이 귀속된 경매 참가자는 다음에 참여할 수 없는 모양이로군.'

유물을 귀속시킨 자는 다른 유물을 사용하거나 얻지 못하는 것이 정설이다.

그 때문에 나에게는 코드가 전송되지 않은 것 같다.

'아쉽기는 하지만 할 수 없지. 아리에게 코드가 왔으니 다음에도 참여할 수 있을 테니까.'

코드가 전송이 되지는 않았지만 아리가 경매에 참여하면 같이 갈 수 있기에 아쉬움을 접었다.

'이왕 여기에 온 거……,'

아직 밤이 그리 깊지 않은 시간이라 영화를 보는 것도 좋을 것 같았다.

"아리, 여기 온 김에 영화나 보고 갈까? 재미있을 것 같은데 말이야."

"그래요. 소화도 시킬 겸 영화 보고 가요. 남자랑 영화를 보는 건 처음이에요."

"나도 여자랑 영화 보는 거 처음인데."

"그동안 뭐했어요. 나보다 나이가 많으면서."

"뭐하긴! 아리 만나려고 지금까지 솔로였지 뭐."

"자기 같은 사람을 여자들이 그냥 놔두다니 믿을 수 없는 이야기네요."

"하하하, 어서 이리와, 영화 보자."

몸을 배배 꼬는 아리의 손을 잡아 끈 후 소파 형태의 좌석에 앉아서 영화를 보았다.

얼마 안 있어 상영이 시작된 영화는 중국답게 무협을 소재로 한 것이었다.

능력자들을 배우로 캐스팅해서 그런지 CG보다 사실감이 넘쳐서 제법 볼만 했다.

"재미있었어?"

"무공이라는 것이 참 독특하네요."

"다른 나라의 진성능력자들 중에서도 일부가 있기는 하지만 중국의 진성능력자 대부분은 내공이라는 것을 기반으로 자신의 에너지를 사용하지."

"내공이요?"

"중국의 진성능력자들은 대부분 무가 출신이야. 그들은 무공이라는 마샬아츠를 어려서부터 배워. 그 무공 중에는 자연의 기운을 담을 수 있는 방법이 있기도 해. 진성능력자가 되면 자신만의 에너지를 가지게 되기 때문에 대부분 배웠던 방법을 토대로 에너지를 사용하지."

설명을 들었음에도 아리가 고개를 갸웃 거린다.

"이상한 거라도 있어?"

"조금 이상해요. 에너지를 사용하는 방법이 뭔가 작위적인 느낌도 나고, 형식에 얽매인 것 같기도 해요."

"무공을 배울 때 형이나 식이라는 것을 통해 수련을 하는데 아주 정형화 되어 있어. 각 무가마다 독특한 형과 식이 있기는 하지만 대체로 그 틀을 벗어나려고 하지 않지."

"정형화된 것을 벗어나지 못해서 자유로워야 할 에너지 흐름이 거기에 맞춰져서 그렇다는 거예요?"

"맞아. 그게 한계지. 하지만 깨달음을 얻어 정형화된 틀에서 자유로워지면 아주 무서운 능력을 발휘하게 되니 형과 식을 무시할 수도 없는 일이야. 벗어나기 위해서는 먼저 알아야 하니까 말이야."

"그렇기도 하겠네요."

수긍이 간 듯 아리가 고개를 끄덕인다.

"하하하, 이쯤에서 그 이야기는 그만하고. 영화가 끝났으니 이제 나갈까?"

"그래요."

크레딧이 올라가는 보며 극장을 나섰다.

밖으로 나가보니 놀랍게도 호텔과 가까운 곳에 있는 영화관이었다.

'여기에 포털을 열었다는 것은 경매 참여자들을 어느 정도 파악을 했다는 건데…….'

전에도 내가 있던 곳과 얼마 떨어지지 않은 곳에 포털을 열었다.

그렇지만 그 때는 며칠 전에 예약을 했었고, 오늘은 얼마 전에 예약을 했다.

짧은 시간에 이 정도까지 파악을 한 것을 보면 대단한 정보력이 아닐 수 없었다.

― 호텔에서는 더욱 조심해야 할 것 같아.

― 그래야 할 것 같네요. 아예 호텔을 옮기는 것은 어때요?

― 그래 봐야 소용이 없을 거야. 불과 반나절 만에 우리 위치를 찾아내고, 여기를 예약한 후에 포털을 설치한 것을 보면 만만한 곳이 아닌 것 같으니 말이야. 일단 호텔로 돌아가는 것이 좋을 것 같아.

― 그렇기는 하네요.

― 이제 호텔로 갈까?

― 그래요.

호텔까지는 걸어서 5분 정도밖에 되지 않아서인지 아리가 팔짱을 껴왔다.

　　팔에 느껴지는 푹신한 감촉이 싫지는 않았기에 아리와 함께 번화한 밤길을 걸으며 호텔로 돌아갔다.

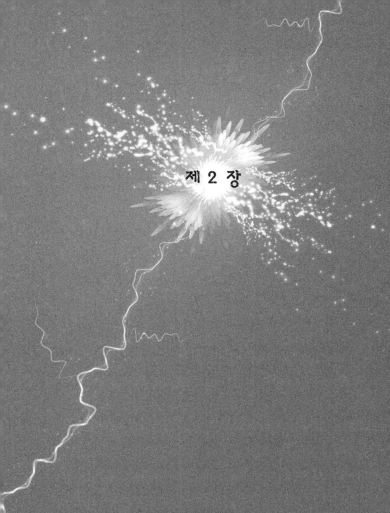

제 2 장

쾅!

포털을 통해 자신이 머물고 있는 호텔의 스위트룸으로 돌아온 사나이는 거칠게 탁자를 내리쳤다.

"빌어먹을!!"

새로운 힘을 얻을 수 있는 유물을 간신히 찾았건만 예상치 못하게 빼앗겼기 때문에 사나이는 무척이나 화가 나 있었다.

"분명히 나에게도 반응을 보였는데 놈이 차지하다니, 반드시 찾아내야 한다."

혼원주는 자신에게도 반응을 보였으니 주인으로서 자격이 있다는 뜻이다.

그런데 순식간에 S급에 달하는 자신의 에너지를 집어 삼키고 혼원주를 빼앗아가 버렸다.

'더군다나 놈이 흘린 기운은⋯⋯.'

상대의 기운과 대치하는 동안 등골이 서늘해지는 것을 느낄 수 있었다.

적이 될 공산이 큰 존재라는 것을 깨달았기에 사나이는 곧장 스마트폰을 들었다.

─ 네, 장로님!

"지금부터 천루의 경매에 참여했던 자들을 조사해라. 머리카락 한 올까지 모든 것을 파악해야 할 것이다."

─ 천루라면 쉽지 않을 겁니다.

수하의 대답에 사나이는 천루라는 곳을 다시 한 번 상기할 수 있었다.

하늘의 누각이라는 이름을 가진 천루는 그야말로 비밀에 가려진 곳이다.

자신이 속해 있는 곳보다 몇 배는 더 철저하게 자신을 감추고 있는 곳이기에 경매 참가자들에 대한 정보를 얻기 쉽지 않을 터였다.

'이런! 내가 너무 흥분했군.'

수하의 반문에 곧바로 이성을 되찾은 사나이는 다시 지시를 내렸다.

"천루에서 참가자들의 정보는 빼내는 것은 불가능할 테지만 다른 방향으로는 가능할 것이다."

— 다른 방향이라니 무슨 말씀입니까?

"경매에 참여할 수 있는 능력이 있는 자들을 전부 조사하다 보면 오늘 참여한 자들의 윤곽을 어느 정도 파악할 수 있을 테니 그 정도만 알아내도 된다."

— 알겠습니다. 그 정도라면 하루 이내로 충분할 것 같습니다.

"가동할 수 있는 라인은 최대한 동원하도록. 수고해라."

— 알겠습니다.

스마트폰을 끈 사나이는 창가로 다가갔다.

오늘 경매장에서 벌어졌던 일들을 곰곰이 되씹기 위해서였다.

'혼원주는 분명히 S급 유물이다. 그것을 귀속시킬 수 있는 자라면 S급이 분명할 텐데…….'

차분히 생각을 하자 대상자를 좁힐 수 있었다.

S급 진성능력자의 정보를 파악하는 것은 쉽지 않은 일이지만 무작정 찾는 것 보다는 나았다.

사나이는 다시 스마트폰을 들었다.

— 다른 지시가 있으십니까?

"그렇다. 찾아야 할 대상을 S급 진성능력자 위주로 하는 것이 좋을 것 같다."

— 알겠습니다. S급만 대상으로 한다면 두 시간 후에 보고를 할 수 있을 것 같습니다.

"알았다."

대답을 들은 사나이는 다른 전화번호로 전화를 걸었다.

정보가 들어오는 대로 움직여야 했기 때문이다.

— 무슨 일이십니까?

"개벽에 참여하는 요원들이 필요하다."

— 장로님, 지금은 곤란합니다.

"그게 무슨 소리지?"

자신이 상시 움직일 수 있는 S급 진성능력자가 두 명이었는데 곤란하다는 소리에 화가 치밀었지만 이유를 물었다.

— 천명이 내려와 자금성과 천안문 광장을 그렇게 만든 놈들을 쫓고 있습니다.

"천명이?"

— 최상층부에서 내려온 특별 지시입니다.

"으드득! 알았다."

사나이는 이를 갈며 스마트폰을 닫았다.

'그 개자식들이 내 일을 망치는구나.'

최상층부라면 구중천에서 내려온 명령이 분명했다.

천안문 광장과 자금성이 폐허로 변한 사건은 중화의 자존심이 짓밟힌 일이었다.

최상층부에서 작정하고 나선 이상 거역할 수 없는 절대 명령이었기에 사나이는 다른 방법을 강구해야 했다.

"할 수 없군. 상황이 이렇게 된 이상 내가 직접 나서야겠다."

아직 자신의 진정한 능력을 드러내서는 안 되지만 어쩔 수 없었다.

혼원주가 있어야 자신이 그토록 바라는 염원을 이룰 수 있었기 때문이었다.

번거롭기는 하지만 슬슬 자신이 가진 능력을 드러낼 때도 되었기에 사나이는 오랫동안 감춰둔 자신의 무기를 꺼내기로 했다.

사나이는 자신이 가지고 온 캐리어를 벽장에서 꺼냈다.

겉모습은 평범한 캐리어이지만 안에 공간 왜곡 마법이 걸려 있는 것이었다.

캐리어를 열고 사나이가 꺼낸 것은 황금빛 비단으로 만들어진 기다란 천이었다.

이마를 둘러 머리에 매는 영웅건이었다.

사나이는 의식을 치르듯 황금 비단을 머리에 맸다.

— 접속!

스르르르.

의지를 불러일으켜 영웅건과 접속을 시도하자 영웅건이 황금색 빛을 내며 스며들 듯 피부 속으로 사라졌다.

'후후후, 언제나 기분이 좋구나.'

이마를 통해 전신으로 퍼지는 파괴적인 에너지에 사나이의 미소가 짙어졌다.

'천루에 천곤건을 차고 갈 수 있었더라면 혼원주를 얻었을지도 모르는데……'

본색을 드러내지 않으려 매고 가지 않은 것이 아쉬웠지만 이미 지나간 일이었다.

이제부터 그렇게 하지 않으면 되는 일이었다.

'혼원주를 귀속시켰다고는 하지만 내가 필요한 것은 게이트에서 촉매로 작용할 수 있는 에너지뿐이다. 그러니 놈을 잡은 후에 게이트가 있는 곳에서 죽인 후 에너지를 빼내게 되면 원하는 것을 얻을 수 있을 것이다.'

혼원주의 소유자를 죽이면 발생하는 유물이 잔여 에너지만으로도 열고자 하는 게이트를 충분히 열 수 있었다.

지금부터 혼원주를 차지한 자를 잡으면 모든 것이 원상태로 돌아가는 것이다.

'일단 정보가 오기 전까지 동화율을 최대한 높이자.'

S급 진성능력자를 상대하는 일이기에 자신이 착용한 천곤건과의 동화율을 높이는 것이 무엇보다 중요했다.

사나이는 바닥에 가부좌를 틀고 앉았다.

오래 전부터 내려온 가문의 심법을 이용해 운기행공을 시작했다.

사나이의 코에서 황금빛을 내는 기운이 흘러나와 어깨를 타고 척추로 흘러들었다.

그러고는 엉덩이 쪽까지 내려온 황금빛 서기가 배 쪽으로 돌아오더니 전신을 휘감으면서 찬란한 광채를 발하기 시작했다.

천곤건에서 흘러나오는 에너지의 양이 점점 늘어나 자신과 동화되는 것을 느끼는지 사나이의 미소가 점점 더 짙어지고 있었다.

호텔로 들어오며 습관적으로 건물 전체를 살피다가 익숙한 에너지를 발견했다.

'으음, 그자가 호텔에 머물고 있었나?'

아까 경매장에서 혼원주를 얻기 위해 마주했던 것보다 에너지 농도가 더욱 짙다.

S급 진성능력자에 달하는 에너지 파장이라 느끼자마자 급히 심안을 거두었다.

'나와 경매에서 다투던 자가 이 호텔에 머물고 있다니, 아리

의 에너지를 봉인한 것이 다행이로군.'

아주 광폭하고 음습한 기운이 더욱 짙어지고, 분노를 삭이고 있는 느낌이 강렬하게 든다.

혹시나 몰라 조치를 취했기에 망정이지 그렇지 않았다면 큰 봉변을 당했을 수도 있었을 것 같다.

'에너지에 저렇게 노한 기운이 가득한 것을 보면 나와 겨룰 때 가지고 있는 것을 다 발휘하지 못한 건가? 아니야, 그때 보여 준 탐욕으로 보면 그럴 리는 없을 테고, 에너지의 기복이 저리 심한 것을 볼 때 어쩌면 유물을 소유하고 있는 자일 수도 있겠 군.'

이처럼 급격한 에너지의 증가는 귀속형 유물을 가진 진성능 력자가 아니라면 있을 수 없는 일이기에 한 가지 의문이 들었 다.

'귀속형 유물의 주인은 다른 유물을 귀속시킬 수 없는데 정 말 이상하군.'

유물의 주인이 다른 유물을 귀속시키지 못하는 이유는 유물 의 자아가 충돌하면서 발생하는 파장이 소유주 의식을 붕괴 시킬 수가 있기 때문이다.

'혼원주가 자아가 없으면서도 귀속이 가능한 것이라고는 하 나 그 여파도 만만치 않다. 에너지 사용 방식이 판이하게 다르 기 때문에 의식 붕괴까지는 아니더라도 육체에 미치는 반발이

만만치 않으니까. 그런 패널티를 감수하고도 혼원주를 탐냈다면……. 이건 뭔가 있군.'

황금빛 에너지와 마주쳤을 때 안에 담긴 의지에서 강한 탐욕을 느꼈었다.

귀속된 유물을 가지고 있는 자가 그런 탐심을 보였다면 특별한 이유가 있을 것이 분명했다.

— 호텔로 들어가면 조심해야 할 것 같아, 아리.

— 무슨 일이 있어요?

— 마지막에 혼원주를 원했던 자가 이 호텔에 머무는 것 같아서 그래.

— 정말요? 그 에너지의 처음 흐름을 느꼈을 때 아주 위험해 보였는데 조심해야겠어요.

직접 대하지 않았는데도 아리가 경계심을 드러낸다.

'아까 봤을 때는 절대 S급 진성능력자가 발휘하는 에너지 파장이 아니었다. 그런데도 아리가 이렇게까지 경계심을 드러낸 것을 보면…….'

아리가 가지고 있는 능력으로 볼 때 같은 공간에 있는 것 자체가 위험할 수도 있다는 생각이 들었다.

새롭게 개방한 예지 능력이 어느 수준인지는 몰라도 탐지와 연계되어 있기에 절대 무시할 수 없는 일이다.

— 아무래도 이곳에 머무는 것은 안 되겠다. 짐을 챙겨서 다

른 곳으로 옮기는 것이 좋겠어.

— 그렇게 해요. 저도 예감이 별로 좋지 않아요.

— 그래, 봉인을 다시 점검해 봐.

— 알았어요.

— 가자.

아리의 에너지 흐름이 완전히 봉인된 것을 확인한 후 로비를 가로질러 엘리베이터로 향했다.

심연의 심안을 펼쳐보고 싶은 생각을 꾹 참으며 객실로 올라가서 곧바로 짐을 챙겼다.

아리의 아공간을 열고 짐들을 보관하고 싶었지만 어쩔 수 없었다.

짐을 챙긴 후 곧바로 내려와 인포메이션에 들러 체크아웃을 했다.

로비에 머물고 있는 진성능력자들의 시선이 우리에게 모이는 것을 느꼈지만 워낙 자연스러웠기에 그리 큰 관심을 끌지는 않았다.

그렇게 체크아웃을 끝낸 후 호텔을 나왔다.

곧바로 택시를 잡아타고서 북경 외곽의 신시가지에 있는 안가로 가야하지만, 그렇게 하지 않았다.

지금부터는 다른 신분을 사용해야 하기 때문이다.

— 아리, 저쪽 골목길을 돌면서 모습을 바꿀 수 있겠어?

— 가능해요.

— 다행이야. 골목길로 들어가서 사각지대로 들어가면 모습을 바꾸도록 해. 지금 모습은 너무 눈에 띄니까 말이야.

— 알았어요. 하지만 S급 능력자들의 역장이 펼쳐져 있어서 걸리지 않을까요?

— 저길 잘 봐봐.

내가 가리킨 골목길은 커다란 빌딩과 빌딩 사이에 난 작은 길이다.

그 길을 선택한 이유는 두 건물에 인식 차단 장치가 설치되어 있어서다.

지나치게 좁아서 그런지 두 건물에 설치된 인식 차단 장치가 간섭현상을 일으키고 있었다.

간섭현상으로 인해 인식 차단의 범위가 겹쳐지며 이중으로 차단되는 효과가 나타나고 있어 다른 사람으로 화신하기에는 최선의 장소다.

골목길을 확인한 아리가 고개를 끄덕였다.

— 저 정도면 S급 진성능력자라 하더라도 파악이 불가능하니 들킬 염려는 없겠어요.

— 가자.

골목길로 들어가 사각지대로 들어서자마자 스킨 패널을 이용해 얼굴 형태를 바꾸었다.

아리도 살예의 능력을 사용하는 것인지 얼굴 형태는 물론 피부색마저 바뀌고 있었다.

— 이야, 그 모습도 정말 예쁜데.

— 자기는 이런 모습이 좋은 거예요?

눈을 동그랗게 뜨며 아리가 묻는다.

웨이브가 진 긴 생머리에 동양인의 눈매를 아리의 모습은 또 다른 매력을 풍기고 있었지만, 본래의 모습이 더 좋다.

— 그런 모습도 예쁘기는 하지만 나는 원래 아리 모습이 더 좋아.

— 다행이네요.

— 그런데 이 건물들은 뭐죠?

— 뭐하는 곳인지 나도 궁금해. 이런 정도의 인식 차단 장치를 사용할 정도라면 아주 중요한 곳 같은데 말이야. 하지만 지금 급한 것은 저 건물들이 뭐하는 곳인지가 아니니까 나중에 알아보는 것으로 하자고.

— 그러는 것이 좋을 것 같아요. 자기 말대로 급한 일은 아니니까요.

위치는 확실히 인지했기에 시간이 날 때 알아보면 될 터였다.

— 골목을 나간 후에 택시를 타자.

— 그래요.

골목길을 나온 후에 때마침 지나가는 택시가 있어 잡아 세웠다.

"하이덴구로 갑시다."

"알겠습니다."

택시에 탄 후 갈 곳을 알려주자 기사가 부드럽게 출발을 했다.

— 하이덴구라면 신시가지인데 그곳에 우리가 머물 곳이 있어요?

— 예전에 마련해 놓은 안가가 하나 있어. 그곳이면 일이 끝날 때까지 머물 수 있을 거야.

하이덴구는 중국의 실리콘밸리라 불리는 중관춘이 있는 곳으로 고층 빌딩이 즐비한데, 그곳에 예전에 마련해 놓은 안가가 있었다.

내일쯤 안가로 가서 레드섹션을 통해 나에게 전해질 정보를 받을 예정이었는데 예상치 못한 일로 인해 일정이 빨라져 버렸다.

'아무래도 분위기가 심상치 않으니 이제부터 조심할 필요가 있다.'

황금빛 에너지의 주인을 마주쳐서 그런지 알 수 없는 위기감이 계속 나를 자극한다.

안가가 있는 중관춘에 위험이 있을 가능성이 있을 수도 있기에 심연의 심안을 열었다.

'젠장!'

— 아리, 여차하면 봉인을 풀 준비를 해둬.

— 뭐, 뭐예요?

— 우리가 가는 곳에 S급 진성능력자들이 몰려 있어.

— 그러면 다른 데로 가요.

— 이미 그들이 펼친 역장 안으로 들어와 있어서 그건 어려울 것 같아. 갑자기 방향을 바꾸면 이상하다고 생각할 테니까 말이야.

한두 명도 아니고 다섯이나 되는 S급 진성능력자들의 역장이 광범위하게 펼쳐져 있는 중이다.

더군다나 우리는 이미 역장의 범위 안에 들어와 있는 중이라 차를 갑자기 되돌리면 문제가 될 수도 있는 상황이다.

S급 진성능력자들이 역장을 펼치면 안에 있는 존재들을 모두 인식하니 말이다.

들킬 염려는 없지만 우리 또한 인식하고 있기에 혹시라도 튀는 행동이 그들의 인지를 자극할 우려가 있다.

밤이 조금 늦었으니 S급 진성능력자가 제일 먼저 체크를 할 테니 그냥 안가로 가는 것이 나았다.

— 그럼, 어떻게 해요?

— 일단 안가로 가자. 안가로 들어가면 인식 차단 장치가 설치되어 있어서 어느 정도 안전은 확보할 수 있으니까.

— 알았어요. 봉인은 언제든지 풀 수 있게 준비를 해 둘게요, 자기.

— 그래.

우리가 탄 택시가 멈춘 곳은 중관춘의 중심에서 약간 벗어나 있는 15층짜리 빌딩이다.

택시에서 내려 빌딩 현관을 지나치자 검색대가 나왔다.

검색대를 담당하고 있는 보안 요원들이 내게 고개를 숙여 인사를 해왔다.

"어서 오십시오."

"오랜만이네요. 그동안 별일 없었죠?"

"예, 사장님."

"고생해요. 난 이만 들어가서 쉴 테니까."

"예."

나는 이 빌딩의 주인이자 안에 들어선 벤처기업들에게 투자한 투자자이기에 별도의 검색을 거치지 않는다.

검색 절차 없이 로비를 지나쳐 별도의 엘리베이터가 있는 곳으로 갔다.

꼭대기 층에는 창투라는 투자회사가 있는데 그 바로 밑에 층에 안가가 있다.

구획이 나뉘어져 있어 우리가 타는 별도 엘리베이터를 통해서만 들어갈 수 있는 곳이다.

엘리베이터를 타고 손등에 있는 스킨 패널을 엘리베이터 패널에 가져다 댔다.

띵!

경쾌한 소리와 함께 엘리베이터가 위로 올라간다.

잠시 뒤, 엘리베이터가 내가 내릴 층에 도착하고 문이 열렸다.

우리가 내린 곳은 사방이 검은색의 오석으로 둘러싸인 곳이었는데, 그야말로 아무것도 존재하지 않는 텅 빈 공간이다.

— 접속! 공간 개방!

우리가 들어온 문에 스킨 패널을 접속하고 인식 차단 장치가 설치되어 있는 공간을 개방시켰다.

'이 정도면 S급 진성능력자도 의심하지 않을 것이다.'

중관춘에 있는 벤처기업 중 상당수가 기밀 구역의 보안을 위해 인식 차단 장치를 가동하고 있는 중이다.

특별한 인식 차단 장치이지만 눈길을 끌지는 않을 것이다.

촤르르르르!

평판으로 이루어진 오석이 접혀 들어가며 새로운 공간이 나타나기 시작했다.

'별다른 이상은 없군.'

심안으로 확인을 해보니 문제가 없을 같아 보인다.

당분간은 이곳에서 머물러야 할 것 같다.

"우와! 꽤 크네요."

"블라디보스토크의 저택 정도는 아니지만 서울에 있는 최고급 아파트의 면적에 두세 배 정도 될 걸."

"여기, 자기 거예요?"

"내거라고 할 수 있지."

"우와! 대박!"

아리가 놀라며 엄지를 척하니 올린다.

장호를 구하며 놈들을 쓸어버릴 때 상당히 많은 액수의 현금과 금괴 등을 얻을 수 있었다.

창업자를 위한 창투를 설립한 것은 물론이고, 이 빌딩도 그 돈으로 구입을 했다.

놈들이 피로 번 자금이라 아낌없이 썼지만 양심의 가책은 하나도 없다.

여기에 입주한 창업자들 대부분이 가난한 이를 위한 치료제나 의료 기기들을 개발하는 이들이니 말이다.

개 같은 이유로 죽음으로 내 몰린 이들에게 위로가 될 수 있을 것이다.

"이곳은 정말 괜찮은 거예요?"

"인식 차단 장치가 설치되어 있어서 S급 진성능력자라도 이 안은 인지를 하지 못해."

"다행이네요. 그런데 자기, 꽤 부자네요. 블라디보스토크에 있는 저택도 그렇고, 여기도 그렇고."

"아리 것이기도 한데 뭘."

"호호호, 그렇기도 하네요."

"자, 이쪽은 내 개인 연구 공간이고, 이쪽은 생활공간, 저쪽은 업무를 보는 곳이야. 난 알아볼 것이 있으니 먼저 가서 씻고 쉬고 있어."

"알았어요."

영혼의 반려라서 그런지 아리가 내가 하는 일에 의문을 갖지 않는 것이 좋다.

일일이 설명하지 않아도 되니 말이다.

아리가 생활공간으로 가는 것을 보고 3중으로 된 보안 장치를 풀고, 왜곡된 공간 역장을 지나 내 개인 연구 공간으로 갔다.

― 공간 인식!

아무것도 없는 백색의 공간에 색이 입혀지며 전경이 드러나기 시작했다.

'누가 침입한 흔적도 없는 것 같고, 모두 이상 없군.'

연구를 하는 곳이라고 하지만, 그냥 일반 사무실이나 다름없이 꾸며져 있는 곳이다.

사방에 디스플레이 패널들이 있어 겉보기에는 언뜻 증권회사 사무실처럼 보여도, 이곳은 아주 특별한 곳이다.

'후후후, 저것들을 장만하느라 꽤나 고생했지.'

벽면에 가득 걸려 있는 디스플레이 패널은 하나당 가격대가 10억 원을 훌쩍 넘어간다.

그리고 모두 같아 보여도 하나하나가 다른 종류의 아이템이다.

'형도 그렇고, 아리에게도 언젠가는 이곳에 대해서도 알려줘야 하는데…….'

사실 이곳은 내 사명과 관련이 있는 곳이라서 형에게도 비밀로 하고 있다.

무엇을 하는 곳인지는 영혼의 반려라고 할 수 있는 아리에게도 알려주지 못하니 조금은 안타깝다.

아직 이곳에 있는 것들을 완전히 통제하지 못해서다.

2차 각성을 한 후에 진성능력자가 되면 모르겠지만 어쩔 수 없이 비밀로 해야 한다.

— 레드섹션 플러그 인!

스킨 패널을 이용해 공간 이동을 통해 전달자에게 간 레드섹션들을 활성화시키고 인식을 시켰다.

각각 네 개 씩 사방에 설치된 패널들의 화면이 켜지고 정보들이 빠르게 인식되기 시작했다.

'역시나 빠르군.'

대형 패널을 통해 오룡대반점에서 받았던 것을 기초로 자세하게 조사된 기록들을 볼 수 있었다.

'이 정도면 타클라마칸에서의 일들이 어떻게 벌어진 것인지 알 수 있겠군. 하지만 지금은……'

지금은 S급 진성능력자들이 아홉 명이나 중관춘 근처에 몰려 있는 상황이라 무엇 때문인지 알아보는 것이 더 중요했기에 레드섹션으로 나타난 정보의 확인은 뒤로 미뤘다.

정보를 저장하고 패널들을 다른 용도로 전환시켰다.

내가 가진 심안을 확장시키기 위한 것이다.

— 스킨 패널 접속!

스킨 패널을 접속시키는 것과 동시에 심연의 심안을 개방했다.

'으음.'

인식의 범위가 확산되기 시작하며 중국 전체를 한눈에 볼 수 있었다.

'중관춘 일대부터 살피자.'

대략적인 정보를 확인한 후 심연의 심안이 바라보는 시야의 초점을 중관춘 인근으로 집중시켰다.

'대단하군.'

아홉 명의 S급 능력자들은 전부 중급을 넘어선 자들이었는데, 북경 상공에서 인식한 자들이 반수 이상이었다.

'다섯 명이 오방을 점거한 후에 역장을 펼쳐 국정원의 S급

진성능력자들을 찾고 있는 모양이군.'

다섯 명이 네 명을 포위한 형국이었다.

포위된 네 명은 한군데 뭉쳐 있었는데, 에너지가 안정 상태인 것을 보면 둘 중 하나다.

포위된 것을 모르거나, 자신이 있거나 말이다.

'S급 진성능력자들인 만큼 지금 자신들이 포위당했다는 사실을 모를 리는 없을 테고, 여기서 또 뭔가 꾸미는 건가?'

내 생각에는 자신이 있는 것 같다.

뭉쳐 있는 자들이 가지고 있는 에너지들은 이미 한 번 느껴본 것들이다.

비행기 안에 같이 타고 있던 자 하나와 인민대회당 근처에 있던 자들 셋이 가지고 있던 에너지와 동일하다.

국정원 능력자들은 작전을 끝낸 후에는 곧바로 철수하는 것이 일반적인 로드맵이다.

그런데 저들은 자금성과 천안문 광장을 쑥대밭으로 만들어놓고 철수도 하지 않고 여기에 대놓고 모여 있다.

'에너지 흐름이 안정되어 있다. 장호의 말대로라면 죽은 사체까지 포함해 여섯 명이나 되는 진성능력자들이 동원되었는데도 여유롭다는 말이지…….'

평소에는 두 명도 많은 수인데 죽은 자를 제외하고도 다섯 명이나 모여 있으니 중관춘은 사지나 마찬가지다.

그럼에도 아주 여유가 있어 보인다.

더군다나 비행기 안에 타고 있던 공간 이동 능력자도 있으니 다른 의도가 있는 것이 분명하다.

'별로 움직일 생각이 없는 것을 보면 아직 작전이 시작되지 않은 것 같은데. 으음, 우선 장호가 말했던 것이 심상치 않으니 그곳부터 살펴보도록 하자.'

S급 진성능력자로 보이는 사체가 연구소로 들어왔다는 장호의 말을 귀담아 들었다.

일이 벌어질 것 같기는 하지만 여유가 있을 때 한 번 살펴봐야 할 것 같다.

— 아르고스 온!

걸려 있는 패널들이 가진 진짜 기능을 가동시켰다.

아르고스는 내가 심안을 집중시켜 인식 차단 장치가 펼쳐져 있는 곳이라도 원하는 곳을 볼 수 있는 기능이자, 이 아이템이 가진 이름이기도 하다.

이름은 그리스 신화에 나오는 100개의 눈을 가진 거인에서 따왔다.

아르고스가 내가 원하는 곳을 비추기 시작했다.

'뭐, 뭐지?'

타원형의 공간에 놓여 있는 수술대가 화면에 비춰지고 있었다.

머리가 하나도 없는 중년의 사나이가 수술대 위에 올려져 있었다.

사나이의 배는 갈라져 있었는데, 장기들이 적출되었는지 텅 비어 있었다.

수술복을 입은 의사들에 의해 사나이의 몸이 뒤집혔다.

의사들이 물러나고 로봇 팔 같은 것들이 수술대 주변으로 몰려들더니 사나이의 두피를 벗긴 후에 두개골을 열고 뇌와 함께 척수를 꺼내기 시작했다.

뒤를 이어 뼈와 근육 조직들이 낱낱이 해체되었다.

얼마 있지 않아 해체된 장기와 조직들은 특별한 용기에 담겨져 밖으로 옮겨지기 시작했다.

'뇌가 옮겨지고 있는 곳으로 따라 가자.'

내 의지에 따라 화면이 천천히 바뀌었다.

뇌와 척수가 옮겨진 곳은 처음 화면과 비슷한 수술대가 놓인 곳이었다.

그곳에는 사람이 한 명 엎드려 누워 있고 두개골부터 척추가 일자로 열려 있었는데, 텅 비어 있었다.

의사로 보이는 자들이 줄지어 수술대 근처로 몰려들었다.

'으음, 수술에 마법사도 참여하는 모양이군.'

하얀 가운을 입은 의사들과는 다른 복장을 한 이가 마지막으로 들어왔는데 마법사 특유의 로브를 입고 있었다.

마법사가 들어오자 곧바로 수술이 시작되었다.

의사들이 로봇을 이용해 빠르게 척수를 연결하고, 뇌를 두개골 안에 집어넣은 뒤 머리뼈를 고정하자 마법사가 나섰다.

마법사는 품에서 꺼낸 작은 유리병의 마개를 열고 안에 들어 있던 녹색의 용액을 뇌와 척추에 뿌렸다.

'마법을 펼칠 모양이군.'

용액을 다 뿌린 마법사는 양손으로 수인을 맺으며 마법을 펼쳤다.

마법 때문인지 이식을 한 곳과 열어 놓은 부위들이 빠르게 아물어 가기 시작했다.

'으음, 더미로 인공 장기를 공급하는 것만이 아니었나 보군. 더미에 뇌를 이식할 정도까지 발전한 건가?'

지구대차원 연결되고 아홉 개의 세상에 통로가 생긴 후 마법이 지구에 전해졌다.

세상에 존재하는 에너지를 가공해 이능을 일으키는 마법의 도래는 지구의 과학 문명을 크게 발전시켰다.

마법과 연계된 기계공학과 전자공학의 발전은 가히 눈부실 정도였고, 의료 분야 또한 획기적인 발전을 가져왔다.

인간의 생명을 다루는 의료 분야 중에서도 괄목할 만한 성장을 한 것은 바로 유전공학이었는데, 지금 보고 있는 더미도 그 산물 중 하나다.

더미는 일종의 복제 인간인데, 네크로맨시 마법과 결합한 유전공학으로 만들어진다.

더미를 만들 수 있게 되면서 안정적으로 인공 장기를 공급할 수 있게 되었고, 더미의 생산은 사람들에게 의학의 새로운 지평을 열었다는 평가를 받고 있는 중이다.

'저 정도 규모면 새로운 탄생이라고 할 수 있군.'

지금까지는 인공 장기만 공급되는 것으로 알고 있었는데 수술하는 모습을 보니 뇌와 척수를 이식해 신체를 갈아타는 것이 분명했다.

그야말로 새로운 생명의 탄생이나 다름없는 일이다.

'하지만 이미 죽은 자인데 신체를 갈아탄다고 살아날 수 있을까?'

장호의 말대로라면 저 S급 진성능력자는 이미 죽은 것이 분명했다.

뇌와 척수를 이식했다고 해서 반드시 살아난다고는 생각이 들지 않았다.

영혼이라는 것이 실제로 존재하니 말이다.

'수술이 이대로 끝날 것 같지는 않은데…….'

예상한 대로 의사들이 수술 자국조차 남아 있지 않게 아물자 더미를 뒤집었다.

그러자 마법사로 보이는 자가 뭔가를 더미의 심장에 올려놓

왔다.

원형의 테두리 안에 오망성의 문양을 따라 상급 마나석이 박혀 있는 것을 보니 아이템이거나 아티팩트 같다.

'하지만 아이템을 사용하지는 않을 것이다. 큰 의미가 없으니까. 저것이 아티팩트라면… 아쉽군.'

어떤 종류인지 알고 싶기는 하지만 아르고스는 아이템이라 심연의 심안을 더 이상 확장하는 것은 무리다.

무리해서 확장을 할 수도 있겠지만 그렇게 했다가는 내 영혼의 그릇이 깨질 테니까 말이다.

부활의 의식을 위한 것인지 마법사가 수인을 그리기 시작한다.

푸른 광채가 그의 두 손에 어리더니 이내 손을 떠나 오망성으로 스며든다.

푸른 광채가 스며들자 오망성이 반응을 보인다.

오색의 빛이 떠올라 더미의 전신을 누비기 시작했다.

<u>스르르르.</u>

더미의 전신이 빛으로 감싸지자 가슴 위에 놓여 있던 오망성이 천천히 가라앉았다.

'완전히 스며들었군.'

원형의 테두리는 남아 있었지만 상급 마나석들로 만들어진 오망성은 더미의 몸속으로 사라졌고, 더미의 전신을 맴돌던 빛도 어느새 보이지 않았다.

'으음, 살아났군.'

심장이 뛰고 숨을 쉬는지 가슴에 기복이 있었다.

더미가 살아 있음을 확인한 마법사는 곧바로 움직여 양손으로 더미의 머리를 잡았다.

검은 기류가 그의 손에서 흘러나와 머릿속으로 스며들기 시작했다.

'네크로맨시구나. 영혼을 건드리는 건가?'

마법사가 지금 시전하고 있는 것은 죽은 자의 영혼에 관여하는 네크로맨시 마법이 분명했다.

마법사는 수술이 이루어지는 과정보다 훨씬 더 긴 시간을 그렇게 검은 기류를 주입했다.

마법을 펼치는 것이 끝나자 마법사가 기력이 다한 듯 휘청거렸다.

그와 동시에 누워 있던 더미가 눈을 떴다.

"후우, 완전히 부활했군."

아르고스로 확인할 수 있는 것은 보이는 화면의 상황뿐이다.

지금의 나로서는 에너지의 움직임 같은 것을 확인할 수는 없지만, 부릅떠진 더미의 눈빛에서 영혼을 가진 존재임을 알 수 있었다.

죽은 자를 다시 살리는 것은 연결된 각 차원에서 수없이 시도

되었지만 한 번도 성공하지 못한 일이다.

S급 진성능력자가 가졌던 능력을 더미도 가지고 있는지 확인을 할 수는 없지만 무서운 일이 아닐 수 없다.

"인공 장기를 만들기 위한 더미가 최초로 완성된 것이 십 년 전이니까, 저 정도 결과라면 그 이전부터 연구가 시작이 됐을 것이다. 어떻게 부활시킬 수 있었는지 알아낼 필요가 있겠군. 그리고 더미가 S급 진성능력자의 진짜 능력을 가지고 있는 지도 확인해 봐야 한다. …이런!!"

더미로 부활한 것에 대해 고민을 하다가 한 가지 가능성에 생각이 미쳤다.

"지금까지 정황을 보면 전쟁 당시에 그렇게 당해놓고도 너무 쉬운 경향이 있다. 만약에 지금 내가 본 것을 감추거나 이용하기 위한 술수였다면……."

생각하면 할수록 가능성이 점점 높아진다.

중국이라는 나라가 가진 거대한 잠재력과 기상천외한 계획도 서슴없이 추진하는 것을 생각한다면 말이다.

"죽은 것으로 알려져 있기에 되살아난 S급 진성능력자를 고스란히 감출 수 있다. 그렇게 되면 아무도 모르게 전력을 늘릴 수 있을 테고……."

무가 출신 중에서 1차 각성자를 선별하여 특별한 무공을 전수하고 2차 각성을 시키는 곳이 중국이다.

중국이 보유한 S급 능력자들 대부분이 이런 방식으로 성장한 자들이다.

지금까지 알려진 중국의 S급 진성능력자는 모두해서 17명이다.

그렇지만 그걸로 중국의 전력을 판단해서는 곤란하다.

세상에 알리지 않고 비밀리에 감추고 있을 것으로 예상되는 자들이 빠져 있기 때문이다.

비밀에 가려진 자들을 포함한다면 최소한 20명 정도의 S급 진성능력자가 있을 것이 틀림없었다.

'더군다나 저런 방법이 있다면 숫자의 변동이 진짜 크다.'

알려진 자들 중에서 죽었다고 확인된 진성능력자들은 모두 여섯 명이다.

죽은 자들이 전부 3년 안에 죽었으니 저런 식으로 해서 다시 살아났을 가능성이 높다.

이런 식으로 죽은 자들을 살려내고, 감추고 있다면 판세가 완전히 바뀔 수도 있는 상황이다.

"중관춘에 있는 자들이 다섯 명에게 노출이 되었다면 국정원 요원들이 위험하다. 더군다나 지금까지 아무런 움직임을 보이지 않는 것도 이상하고…….

자신들의 안방에 S급 진성능력자가 네 명이나 있는 데도 특별한 조치를 취하지 않고 있다.

전력병기나 다름없는 그들을 말이다.

"설마!!"

한 가지 가능성에 생각이 미치자 등에 소름이 돋았다.

제 3 장

예전에 장호가 납치되어 장기가 적출될 위기에 처할 뻔했던 것도 이번 음모를 위한 계획의 일부일 가능성이 컸다.

아주 오랫동안 음모가 진행되어 오고 있다는 뜻이다.

'아무리 생각해도 중국에서 두 마리 토끼를 노리는 거대한 그물을 친 것이 분명하다.'

사이한 방법으로 세상에 드러나지 않는 S급 진성능력자를 만들어 내고 있다.

중국에 잠입한 한국의 S급 능력자를 처리한 후 그들의 사체를 이용하는 아주 거대한 그물이다.

"내 생각대로 국정원의 S급 진성능력자들을 죽인 후에 그들의 사체를 이용하려고 음모를 꾸미고 있다면 문제가 심각하다. 그들의 의지를 꺾을 수 있는 방법이 있다면 아까 그런 식으로 부활시켜 활용할 수 있으니 말이다. 더군다나 이런 식으로 다른 진성능력자들을 양산할 수가 있다면……."

놈들이 노리는 것이 두 마리 토끼가 아니라 세 마리 토끼일 수도 있다고 생각하니 뒷골이 서늘했다.

"어쩌면 지금 장호도 위험할 수 있다."

장호가 알아낸다고 했으니 전부는 아니겠지만, 성격상 어느 정도 정보를 얻으려 할 것이다.

작정하고 벌이는 작전이라면 기밀에 접근하는 자를 찾기 위한 작전도 진행하고 있을 테니 장호의 안위가 위험했다.

"아무래도 안 되겠다. 여기 상황도 급하지만 장호가 위험해질 것이 확실하니 움직여야겠다."

이대로 가만히 있을 수가 없어 곧바로 나와 생활공간으로 갔다.

"무슨 일 있어요?"

내 기색을 느낀 것인지 잠옷으로 갈아입은 후에 침대에서 쉬고 있던 아리가 놀라 일어나며 묻는다.

"나가봐야 할 것 같아."

"지금이요? 도대체 무슨 일이에요?"

"내가 동생으로 여기는 장호가 위험한 것 같아서 그래. 아리는 여기서 쉬고 있어."

"위험하다니, 그게 무슨 말이에요?"

"설명할 시간이 없어."

"잠깐만요."

곧바로 나가려 하자 아리가 화난 목소리로 침대에서 일어났다.

"어서 손을 쥐 봐요."

"손을?"

"어서요."

화가 무척이나 많이 난 것 같기에 손을 내밀자 아리가 꽉 잡는다.

"나하고 떨어져 있었을 때 일어났던 일들을 떠올려 봐요."

"왜 그러는데?"

"어서요!!"

"아, 알았어."

서슬이 파란 아리의 기색에 아르고스를 통해 봤던 상황들을 떠올렸다.

"자기는 정말! 그렇게 위험한 상황인데 나를 여기에 두고 가려고 했어요?"

영혼의 반려인 탓에 방어벽이 작동하지 않았는지 내가 본 것들을 인지한 아리가 화를 내며 묻는다.

"아주 위험한 일이야."

"자기가 어떻게 되면, 나는요?"

화를 내는 것도 잠시 눈물을 쏟을 것 같은 그렁그렁한 눈으로 나를 바라보며 묻는다.

아리의 말도 맞는 말이다.

내가 어떻게 된다면 영혼으로 엮어진 아리도 위험해지니 말이다.

"휴우, 알았어. 같이 가자. 하지만 이대로 가면 위험할 수도 있어."

"걱정하지 마요."

금방 웃는 표정이 된 아리는 곧바로 봉인을 해제하고 아공간을 열어 귀고리 한 쌍과 팔찌 한 쌍을 꺼냈다.

"그게 뭐야?"

"제 진짜 전투 슈트하고 무기들이에요."

"진짜 전투 슈트하고 무기라고?"

"그래요."

말을 마치며 아리가 귀고리와 팔찌를 차더니 에너지를 주입했다.

촤르르르!

액체금속으로 이루어진 은회색의 마갑이 아리의 전신을 감싸고 난 뒤에 변화가 일어났다.

귀고리에서 검은색의 에너지가 흘러나와 삽시간에 머리를 감싸더니 이내 전신을 휘감았다.

마갑이 검은색으로 바뀌고 외양도 변해 버렸다.

"안에 입고 있는 마갑은 일반적인 활동을 할 때의 모습이에요. 그리고 이건 일종의 외장갑으로, 전투를 할 때 사용하는 거예요. 사실 자기가 좋아하지 않을까봐 꺼내기 싫었어요."

은회색의 마갑과는 달리 지금 입고 있는 마갑은 성별이 드러나지 않는 모양이다.

위압감마저 느껴지는 모습으로 전투에 최적화된 전투 슈트다.

'무서울 정도로 정말 강한 투기다.'

마갑의 형태가 바뀌기도 했지만 자체에서 흘러나오는 에너지의 느낌도 완전히 바뀌어 있었다.

아리의 의지가 반영이 된 것인지 강한 투기가 흘러나오고 있었다.

"가변형 마갑이라… 정말 놀라워. 그리고 아주 아름답기도 하고 말이야."

"보기 흉할 줄 알았는데 아름답다니 다행이네요. 자기도 어서 준비해요."

"알았어."

생각을 떠올리자마자 옷 위로 전투 슈트가 입혀졌다.

— 어서 빨리 가요.

— 잠시만!

서두르는 아리를 말리고 휴대용 인식 차단 장치를 포켓에서 꺼냈다.

— 오래 숨기지는 못하겠지만 이걸 차도록 해.

— 인식 차단 장치예요?

— 맞아. 휴대용이야.

— 알았어요. 그런데 늦지 않았을 까요?

— 그리 멀지 않은 곳이야.

내가 있는 곳과 장호가 일하고 있는 연구소는 10킬로미터도 떨어지지 않은 곳이다.

바로 갈 수 있는 거리라 시간상으로는 늦지 않을 터였다.

— 가요.

— 그쪽이 아니야.

타고 올라온 엘리베이터가 있는 곳으로 가려하는 아리를 붙잡고 다른 곳으로 이끌었다.

옥상으로 올라가는 계단으로 통하는 문이 있는 곳이었다.

보안장치를 해제한 후 문을 열고 계단을 통해 옥상으로 올라 갔다.

— 여기 뭐가 있어요?

— 내 애마!

— 애마요?

궁금해 하는 아리를 두고 옥상 중심으로 가서 인식 차단 장치를 해제시켰다.

그러자 2인용 비공기가 나타났다.

외부 인식 차단 장치를 해제하는 순간 자체에 장착된 것이 작동하기에 들킬 염려는 없다.

— 이거 비공기잖아요?

— 맞아.

최소 열 명 이상이 탑승할 수 있으면 비공정이라 부르고, 2인 전용이면 비공기라 부른다.

지금 타고 있는 비공기는 우연한 기회에 얻은 것으로, 아직 완성된 것은 아니었다.

일종의 프로토 타입이라고 할 수 있는데, 만들어 주신 분께서 나중에 완성시켜 준다고 했지만 지금 바로 사용을 해야 한다.

아리에게 설치해 준 것보다 한참 업그레이드 된 인식 차단 장치를 활용한 스텔스 기능이라면 연구소까지 가는데 S급 진성능력자들의 인지를 피할 수 있기 때문이다.

가시광선을 교묘하게 굴절시켜 투명하게 보이니 사람들의 시야도 차단할 수 있어서 침투용으로 쓰기에는 최적이다.

— 어서 타자.

— 알았어요.

외벽과 덮개가 있기는 하지만 오토바이와 비슷한 형태라서 그런지 등 뒤에 달라붙듯 앉은 아리의 실루엣이 고스란히 느껴진다.

스텔스 기능을 켜고 비공기를 가동시키자 소리 없이 공중으로 떠올랐다.

'고맙습니다. 박사님. 박사님이 주신 인식 차단 장치들도 그렇고, 이 비공기가 없었으면 곤란했을 겁니다. 이 은혜는 꼭 갚겠습니다.'

내가 사용하는 인식 차단 장치들의 가격은 어마어마하다.

대부분이 범위가 작아도 웬만한 빌딩 한 채 값이다.

비공기는 아무리 돈을 많이 준다고 해도 구할 수 없는 것이기도 하다.

구명에 대한 은혜라며 내가 일하는데 필요할 것이라면서 그냥 주신 것이기는 하지만 과분한 것이다.

'대가를 바라시지는 않으셨지만 갚아야 한다. 돈이야 상상할 수 없을 정도로 많은 분이니 무슨 일이 됐건 나중에 도움을 드리면 될 것이다. 항상 위험에 노출되어 있는 분이시니 내가 도움이 될 만한 것이 있겠지.'

슈우우—!

비공기가 아주 빠른 속도로 이동을 했다.

채 2분도 되지 않는 사이에 연구소 상공에 도착할 수 있었다.

'지금까지는 비공기를 알아차린 존재는 없는 것 같군.'

대기와의 마찰로 일어나는 파공음조차 몇 겹으로 펼쳐지는 사이런스 마법으로 차단하고 있다.

게다가 인식 차단 장치까지 가동되고 있어 아무도 우리의 이동을 알아차리지 못했다.

'박사님이 말씀하신 기능을 시험해 볼 차례군. 탐지 마법을 그대로 뚫어도 걸리지 않는다고 하셨었지. 더군다나 비공기의 외부에 설치된 마법진이 탐지 마법을 무력화시키고 대체가 돼서 적진에 침투하는 경우 아주 쓸 만하다고도 하셨고.'

기수를 천천히 낮춰 옥상에 내려앉았다.

박사님 말씀대로 옥상 위에 설치된 탐지 마법을 건드리지 않으면서 착륙할 수 있었다.

— 인식 차단 장치를 가동시켜.

— 알았어요.

인식 차단 장치를 가동시키고 비공기에서 내려 옥상 출입로가서 문을 열었지만, 역시나 탐지 마법은 작동하지 않았다.

— 지금부터 어떻게 할 거예요?

— 아리가 인지한 더미를 탈취할 생각이야.

— 그렇게 되면 난리가 나겠네요.

— 맞아. 시선을 이쪽으로 분산시키면 놈들도 당황할 거야. 하지만 장호가 위험한 상황이면 그 녀석을 구하는 것이 먼저야.

— 알았어요.

계단을 통해 아래로 내려간 후 맨 꼭대기 층의 문을 열고 안으로 들어갔다.

— 자체적으로 인식 차단 장치가 가동되고 있을 테니 통신망만 자르면 이 안에서 무슨 일이 일어나는지 알려지지 않을 거야. 먼저 차단시키자.

— 그래요. 그건 내가 할게요.

아리가 빠르게 주변을 훑더니 통신 단자를 찾아내고는 연결된 케이블을 통해 에너지를 흘려 넣었다.

— 외부는 물론이고, 내부까지 전부 차단시켰어요. 하지만 텔레파시를 사용하고 있는 자가 있다면 무용지물일 거예요.

— 그건 내가 알아서 할게.

박사님께 인식 차단 장치와 비공기를 선물 받으면서 나름대로 많은 공부를 했다.

특히나 인식 차단 장치에 대해서는 집중적으로 파고든 덕분에 아리의 걱정을 덜 수 있을 것 같다.

인식 차단 장치에 사용되는 마법진의 일부를 변경하면 본래의 기능을 유지하면서 일종의 결계를 형성할 수 있으니 말이다.

건물 벽에 손을 대고 심연의 심안으로 건물에 설치된 인식 차단 장치를 인식했다.

'역시 박사님이 만드신 것보다 수준이 몇 단계나 한참 낮은 장치다. 어디!'

전투 슈트에서 에너지를 끌어올려 건물에 흘려 넣으며 간이 마법진을 내벽 안에 새겼다.

몇 시간 정도만 유지되겠지만 이로써 밖으로 연락할 길은 모두 차단했다.

— 끝났으니 가자.

— 알았어요.

전에 장호로부터 설명을 들은 것이 있어 연구실로 갈 수 있는 엘리베이터가 있는 곳으로 갔다.

엘리베이터를 타고 내려갈 곳은 지하 연구 섹터다.

연구 섹터는 사분할로 나뉘어 있었는데, 완전히 분리되어 있는 곳으로 아무나 출입을 하지 못하는 곳이다.

개별 엘리베이터를 통해 특정한 패턴으로 작성된 생체 암호를 가진 자만 출입이 가능한 곳이었다.

엘리베이터를 탈 수 있는 곳도 딱 두 군데 뿐으로, 1층 로비와 이곳 꼭대기 층이다.

1층 이외에도 꼭대기 층에 엘리베이터를 탈 수 있게 만든 것은 재미있게도 흡연 때문이다.

중국인들은 흡연에 매우 관대했는데, 연구원들 대부분이 담배를 피우는 터라 할 수 없이 옥상과 가까운 꼭대기 층에 엘리베이터를 탈 수 있게 만들었던 것이다.

'장호가 준 생체 암호가 닳았을 수도 있으니…….'

S급 진성능력자에 대한 정보를 알아내려다 위험에 빠져 있을 수도 있기에 다른 암호를 사용하기로 했다.

장호의 패턴 암호를 분석해서 만드는 방식을 확인한 후 제일 먼저 한 일은 티엔샤 바이오의 부사장의 생체 자료를 입수하는 일이었다.

DNA를 비롯한 임원급의 생체 자료는 엄격히 관리되는 것이지만, 그리 어렵지 않게 얻을 수 있었다.

미인이라면 정신을 못 차리는 부사장 호중방의 바람기 때문에 비교적 쉽게 구할 수 있었다.

호중방은 헌팅을 위해 클럽에 자주 가는 편이었는데 잠자리를 같이 한 여자를 통해 그의 정액을 확보할 수 있었던 것이다.

'바람기는 많지만 아주 철저한 놈이었지. 술이 깨지 않았는데도 여자와 잠자리를 한 후 휴대용 아이템을 사용해 자신의 체액을 전부 지워 버리니 말이야.'

어느 정도 예상을 하고 있었던 일이라 호중방이 여자를 선택하는 순간, 그녀의 몸에 미리 마법 저항을 가지고 있는 마이크로 로봇을 몰래 설치해 두었다.

엉덩이 부근을 살짝 접촉하는 것만으로 설치가 가능하고 프로그래밍한 대로 알아서 움직이는 능동형이라 제 위치를 찾아가는 것이기에 어려운 일이 아니었다.

프로그램한 위치에서 기다리며 사정을 하는 순간 곧바로 정액을 흡수해 정보를 저장하고, 체외로 빠져 나오도록 만들어져 있어 회수만 하면 되는 일이었다.

― 생체 패턴 검색! 호중방 인식!

암호화된 생체 패턴을 스킨 패널로 호출한 후 조종 장치에 가져다 댔다.

지―이잉!

패턴 인식이 끝나자 엘리베이터가 움직이기 시작했다.

장호의 연구실이 있는 제3섹터 정남향 위치한 연구 공간이다.

엘리베이터를 타고 도착해 보니 CCTV만 움직이고 있을 뿐 사람의 그림자라고는 하나도 없었다.

파파파파팡!

아리의 손을 써 이동을 하는 경로를 따라 늘어선 CCTV를 터트려 버렸다.

― 일단 가보자.

― 그래요.

곧바로 장호의 연구실 쪽으로 가서 암호를 인식시키고 안으로 들어가 보니 집기들이 여기저기 흩어져 있는 것이 아주 어수선하다.

— 문제가 생긴 것이 확실하네요.

— 그런 것 같아.

건물 전체에 인식 차단 장치가 설치되어 있지만, 연구 센터에도 각각 추가로 설치되어 있어 S급 진성능력자인 아리도 장호를 찾을 수 없는 상황이다.

— 일단 장호부터 찾아야 할 것 같으니, 아리가 나를 좀 지켜줘.

— 알았어요.

아르고스가 있다면 쉽게 확인할 수 있겠지만 심연의 심안만으로 찾아야하기에 정신을 집중하며 연구실 바닥에 양손을 가져다 댔다.

'이 밑에 또 다른 공간이 있군.'

연구 센터 밑에 다른 공간이 존재했는데 장호에게 들은 바가 없는 곳이다.

'일 층 로비와 이 밑을 제외하고는 사람이라고는 하나도 없으니…….'

스킨 패널을 통해 장호의 생체 암호를 불러낸 후 지하 공간만을 대상으로 심연의 심안을 펼쳤다.

'있군. 하지만 상태가 좋지 못하다.'

장호를 찾을 수 있었지만 바이탈 신호가 아주 미약했다.

'어떻게 내려가는 거지?'

계단은 아예 없고, 엘리베이터가 움직이는 것은 연구 섹터가 있는 곳까지만 운행이 된다.

'섹터 중심에 다른 곳과는 다른 공간이 있는 것을 보면 그곳이 출입구일 가능성이 높다. 어디!'

심연의 심안으로 통해 출입구일 가능성이 높은 곳을 찾아냈다.

연구 섹터는 원형의 공간을 4분할로 나눈 곳이라 중심부로 갈수록 공간이 협소하다.

제일 중심부에는 각종 건물을 유지하는 장치들이 가득 설치되어 있는데, 그 안에 작은 공간이 있었다.

― 어디에 있는지 찾아냈어요?

바닥에서 손을 떼자 아리가 득달같이 묻는다.

― 밑에 다른 공간이 있어. 엘리베이터로는 가지 못하고 별도로 내려가는 곳이 있는 것 같아.

― 어서 가요.

아리와 함께 장호의 연구실을 나와 내가 파악한 곳으로 갔다.

― 여기에요?

― 안쪽에 별도의 공간이 있어.

― 문이 없는데 어떻게 들어가요?

― 마법진으로 만들어진 문이야. 아리가 한 번 살펴봐.

― 잠깐만이요.

아리가 벽에 손을 댔다.

― 일종의 결계가 설치되어 있네요. 마법과 비슷하지만 다른
방식으로 설치된 것 같아요.

― 해제할 수 있겠어?

― 자기는 할 수 없어요?

내가 묻는 것이 이상한지 아리가 반문한다.

― 내가 확보한 생체 암호 패턴만으로는 열리지를 않아. 암
호 패턴이 인식된 아이템을 가지고 있어야 열리는 것이라서 말
이야.

― 알았어요. 다시 한 번 확인할게요.

아리가 결계가 쳐진 벽에 다시 손을 댄 후 확인을 하기 시작
했다.

빨리 방법을 찾았으면 좋겠다.

'휴우, 침착하자.'

장호의 바이탈이 이상해서 마음이 급했지만 지금은 아리가
확인을 할 때까지 기다려야 할 때다.

초조함을 달래며 지켜보고 있었는데 아리가 고개를 돌리며

미소를 보인다.

— 확인했어?

— 할 수 있을 것 같아요. 자기가 가지고 있는 생체 암호 패턴을 나에게 전해 줄 수 있어요?

— 그건 가능할 것 같아.

— 나도 도울 게요. 전이를 변형하면 생각만으로 나에게 전송이 될 거예요. 내 머리에 손을 얹고 하면 되니까 내가 마법진을 해제하는 순간에 곧바로 생각을 해요.

— 알았어.

내가 머리에 손을 얹자 아리가 벽에 손을 대고 에너지를 끌어올렸다.

붉은색의 에너지가 아리의 손에서 흘러나오는 것을 느끼며 생체 암호 패턴을 떠올리자 곧바로 전송이 됐다.

스르르르.

벽이 사라지고 바닥에 마법진이 새겨진 공간이 나타났다.

— 됐어요.

— 어서 들어가자.

— 알았어요.

내 마음이 급하다는 것을 느낀 것인지 아리도 서둘렀다.

— 공간 이동 마법진이군.

— 마법진에는 별도의 암호가 걸려 있지 않아서 에너지만 주

입하면 곧바로 가동을 할 거예요.

마법진 위에 서자 아리가 바로 에너지를 주입했고, 곧바로 공간이동을 했다.

파파팟!

파파팟!

심안으로 느꼈을 때 바이탈이 계속해서 희미해지고 있었기에 도착하자마자 장호가 있는 곳으로 이동을 했다.

다행이 막아서는 자들이 없어 시간이 지체되지 않았다.

도착한 곳은 수술실이었고, 두개골과 척추가 추출된 사람이 수술대 위에 누워 있었다.

다가가 눕혀진 사람의 고개를 돌려 보니 장호였다.

"제기랄!!"

"어떻게 이럴 수가!"

화가 치밀어 올랐지만 이를 악물고 참으며 장호의 몸을 살폈다.

장기들이 적출된 지 시간이 조금 지나 보였기 때문이다.

'피의 응고 상태로 봐서는 적출된 지 십 분이 넘지 않았다. 살아 있는 상태로 이곳에 있다가 곧바로 적출해 이식 수술을 하는 곳으로 옮겨진 것이 분명하다. 젠장!'

아르고스로 장호를 살피지 않은 것이 후회됐지만 이러고 있을 시간이 없었다.

확인했던 수술대가 있던 수술실을 찾아야 했다.

'분명 바로 옆이었다. 적출하는 곳에서 이식하는 곳까지 뇌와 척수를 옮길 때 걸린 시간은 1분도 걸리지 않았고, 통로를 통해 움직였다. 이곳까지 오는 동안에 본 통로는 아르고스를 통해 본 곳이 아니다. 그렇다면……'

들어온 곳을 제외하고는 출입구가 보이지 않는 것을 보면 이식 수술을 하는 곳으로 가는 통로가 따로 있는 것이다.

'어디지?'

곧바로 심연의 심안을 이용해 수술실 안을 살폈다.

'없다.'

결계를 사용한 비밀 출입구가 있을 것으로 예상했지만 수술실 안에서 아무 것도 느껴지지 않았다.

— 이곳에 우리가 들어온 곳 말고 다른 출입구가 있는지 살펴봐줘.

— 알았어요.

아리가 곧바로 찾기 시작했지만 발견할 수 없는지 인상을 찌푸린다.

— 다른 출입구가 전혀 느껴지지 않아요.

— 분명히 여기에 있어. 반드시 찾아야 해.

— 어디가 통로인지 찾으려면 제가 가지고 있는 탐지 능력을

풀로 사용해야 되요.

아리가 무엇을 걱정하는지 알지만 네크로맨시로 장호의 영혼을 세뇌시키기 전에 얼른 찾아야 한다.

세뇌가 끝났다면 그건 장호가 아니니까 말이다.

— 놈들이 알아차린다고 해도 어쩔 수 없어. 한시라도 빨리 장호를 구해야 해.

— 알았어요. 그럼 아까처럼 부탁해요.

S급 진성능력자가 진심으로 전력을 다하게 되면 엄청난 에너지 파장이 발생한다.

여기에 펼쳐져 있는 인식 차단 장치가 막지 못할 정도로 큰 파장이 발생하기에 위험을 감수해야만 했다.

위험하지만 아리가 바닥에 손을 대는 것을 보며 나도 아리의 머리에 손을 얹었다.

'사물에 담긴 기억을 읽은 건가? 그런 거라면 이미 지워져 버렸을 텐데……'

싸이코메트리를 포함한 탐지 능력을 발휘하기 위해 아리가 에너지를 발산하는 것이 느껴졌다.

정령에 대한 연구가 이루어지면서 남겨진 기억을 지우는 것은 보안의 기초가 됐으니 아리가 알아낼 수 없을 지도 몰랐다.

알아내는 것이 지체되고 있어 시간이 흐를수록 애가 탔다.

― 후우, 겨우 알아냈어요.

― 정말?!

― 마법으로 지우기는 했지만 잔존 사념이 희미하게 남아 있어서 가능했어요. 다른 수술실로 통로는 저기에 있어요.

아리가 가리킨 곳은 벽면이었다.

― 아까 텔레포트 마법진이 설치된 곳으로 들어갈 때 해제했던 결계에다가 인식 차단 장치, 그리고 스승님이 남겨 놓으셨던 곳에 펼쳐져 있던 것과 비슷한 것이 복합적으로 연결이 되어 있어요.

― 알려줘 봐.

― 전이!

아리가 알아낸 방법이 머릿속으로 전송이 되었다.

말한 대로 세 가지가 복합적으로 적용이 되어 만들어진 새로운 차폐용 결계였다.

― 지금부터 열게요. 결계를 열 수는 있지만 걸려 있는 역장이 너무 강력해서 여는 것만으로 에너지가 대부분 고갈될 거예요. 그러니 그 뒤부터는 자기가 해결해야 해요.

― 알았어. 공령 접속! 봉인 해제.

곧바로 양손에 장식처럼 채워져 있는 공령의 봉인을 해제했다.

에너지로 변한 천경의 기운이 심장 쪽으로 이동하고, 두 겹의

팔찌가 겹쳐진 안쪽에 자리했던 방울들이 손톱 크기만 한 청동
검 형태로 모양이 바뀌었다.

공령은 아리를 만나기 전에 산맥을 횡단하며 몇 번 시험을 해
본 후 스킨 패널에 등록을 해두었기에 전투 모드로 전환시키기
만 하면 되었다.

― 전투 모드!

티―티티팅!

전투 슈트에서 흘러나오는 에너지가 스며들자 팔찌 표면 위
로 장식 같은 청동검들이 돌기처럼 솟아올랐다.

우―우우웅!

결계를 강제로 여는 것이기에 수술실이 진동하며 아리가 가
리켰던 벽이 흐려졌다.

파―앗!

공간 결계가 해제되는 것을 느끼며 곧바로 뛰어들었다.

그곳에서는 아르고스로 본 것과 같은 일이 벌어지고 있었기
에 곧장 공격을 개시했다.

슈―슈슈슛!

돌기처럼 솟아난 청동검들이 일제히 날아올랐다.

푸푸푸푸푹!

날아오르기 무섭게 이식 수술을 하고 있는 자들의 미간과
심장에 손바닥만 한 크기로 변해 버린 청동검들이 꽂혀 있

었다.

순간적으로 일어나 미처 인식하지 못한 탓인지 청동검을 맞은 자들의 부릅떠진 두 눈에는 불신의 빛이 역력했다.

'개새끼들!! 너희들은 살아 있는 상태로 지옥을 맛보게 될 거다.'

— 그래도 다행이에요, 자기.

내가 분노로 떠는 것을 느낀 것인지 수술실로 들어 온 아리가 살며시 내 팔을 잡으며 말한다.

— 그래, 그나마 더 늦지 않아 다행이야.

이식한 부위를 접합하는 것은 끝났지만 아직 마법이 펼쳐지기 전인 것 같다.

누워 있는 더미의 가슴 위에는 오망성이 들어 있는 원형의 틀이 놓여 있었다.

'오망성이 아니라 구망성이군, 거기다 재질들도 여러 가지인 것 같고.'

가까이 다가가 틀 안을 보니 세 개의 삼각형이 교차하는 모습이다.

그리고 구망성을 구성하는 것은 마나석뿐만 아니라 마정석도 있었다.

하나 같이 크기가 작기는 하지만 모두 특급이었다.

더군다나 품고 있는 에너지의 형질도 다른지 다양한 색으로 구성이 되어 있었다.

'그리고 이것들만 있는 것이 아니다.'

지구상에는 전해지지 않는다는 정령석도 마나석과 마정석 사이사이에 위치해 있었다.

'도대체 어떻게 하려고 했기에……'

아무리 더미라고는 하지만 에너지의 총량으로 봤을 때 결코 감당할 수 있는 양이 아니었다.

'일단 치우자.'

심장 부근에 있는 틀을 치웠다.

특수한 포션과 마법으로 이식된 부분을 치료한 것 때문인지 더미의 바이탈이 돌아오고 있었기 때문이다.

— 어떻게 될 같아요?

— 무사한 것 같기는 한데 어떻게 할지 모르겠어.

— 제가 좀 볼게요.

아리가 장호의 뇌와 척추가 이식된 더미의 머리에 손을 가져다 댔다.

— 뇌와 척수를 빼냈는데도 살려고 하는 강력한 의지가 느껴져요. 충격을 받아 의식을 잃었지만 의식은 무사한 것 같아요.

— 한이 많은 놈이니까 그럴 거야.

— 정말 굳건한 사람인 것 같아요. 영혼의 격이 흔들리지 않

있으니 별다른 문제는 없을 거예요. 하지만 영혼을 보호하느라 많이 써서 그런지 생체 에너지가 너무 부족해요.

— 이걸 사용하면 되지 않을까?

— 자기도 너무 위험해서 치웠잖아요. 걱정하지 말아요. 마침 쓸 만한 것이 자기에게 있으니까요.

— 나에게… 아!!

— 그게 아무리 귀중한 것이라고 해도 자기 동생이라면서요. 어서 사용해 봐요.

— 알았어.

아리의 말대로다.

그것은 정제가 끝난 것이나 다름없는 것이라 불안정한 최상급 마정석으로 만들어진 구망성보다는 훨씬 안정적이라고 할 수 있다.

더군다나 장호도 2차 각성을 하지 않아서 진성능력자가 되려면 '그곳'으로 가야하지만 그것을 사용한다면 굳이 그럴 필요가 없다.

생체 에너지를 채우는 것은 물론이고, 반만 흡수한다고 해도 장호는 S급 능력자가 될 수 있으니 가히 최적이라고 해도 과언이 아니다.

— 어차피 내 것이니까. 회복이 됐으면 아리가 저자의 기억을 좀 읽어서 알려줘.

— 죽은 것 같은데 그것이 가능해요?

— 가능하니 한 번 살펴봐.

청동검이 꽂힌 자들은 죽었지만 죽은 것이 아니다.

이마와 심장에 꽂히는 찰나에 순간적으로 기화한 후 뇌를 감싸 버린다.

그리고 내 의지에 따라 보호를 하며 에너지를 공급하기에 뇌만은 살아 있을 수 있다.

이제부터 저놈들은 죽지 않은 채로 처절한 고통 속에 허우적거릴 것이다.

아리가 마법사의 머리에 손을 얹었다.

— 심장은 멈췄지만 의식은 살아 있네요.

— 나머지 놈들도 마찬가지야.

— 조금만 기다려 줘요.

아리가 마법사의 기억을 읽은 후 내 이마를 짚고는 내용을 나에게 전해 주었다.

내가 정신적으로 타격을 받을까봐 대부분의 것들은 봉인되어 있었고, 수술실에서 이루어질 예정이었던 마법적인 것만 풀어 둔 기억이었다.

— 자기가 할 수 있겠어요?

— 가능할 것 같아.

— 빨리 빠져나가야 하니까 어서 시작해요.

— 알았어.

아리의 말처럼 시간이 없기에 귀속된 아공간 주머니에서 아리의 스승인 김오 박사가 남긴 것들을 불러냈다.

지구와 연결된 다른 차원에서도 구하기가 불가능에 가까운 이것들은 바로 드래곤 하트다.

드래곤은 브리턴 차원에서 고대에 존재했다던 마법 생명체로, 그 막강한 마법의 원천이 되는 것이 바로 이것이다.

'정말 영롱하군.'

아홉 개 중 내가 아공간에서 꺼낸 것은 금빛이 도는 골드 드래곤의 하트다.

'골드 드래곤 하트라면 충분히 가능할 거다.'

드래곤 하트를 심장 부근에 놓고 전투 슈트의 에너지를 끌어올려 마법사의 기억대로 강제로 심장에 생체 마나 엔진을 각인하는 마법을 펼쳤다.

다행스럽게도 실패하지 않았는지 황금빛 에너지가 더미의 전신에 머물더니 드래곤 하트가 피부 속으로 천천히 가라앉았다.

— 다행이네요. 하지만 신체와 정신의 괴리감이 남아 있을 테니 안정을 시켜줘야 할거예요. 세뇌 마법이 제일 좋기는 하지만 자아를 잃을 텐데… 어떻게 할 거예요?

— 나에게 좋은 방법이 있으니까 걱정하지 마.

아리가 전해 준 세뇌 마법을 인지하고 나서 떠올린 것은 심연의 심안이다.

장호의 의식 속에서 본질을 찾아 이해시키면 충분히 괴리감을 극복할 수 있을 터였다.

장호의 머리 위에 손을 얹고 마법사과 펼친 것처럼 의식 침투 마법을 펼쳤다.

심층 의식에 도달한 후 장호의 의식과 영혼을 일깨웠다.

— 장호야.

— 혀, 형님이세요?

— 그래 나다.

— 저 좀 구해주세요. 여긴 너무 어두워요.

— 걱정하지 마라. 그리고 이제부터 내가 하는 이야기를 잘 들어라. 다소 충격이 크겠지만 중요한 것은 너 자신이니 말이다.

— 알았어요.

— 너는 지금…….

나는 지금 상태에 대해서 장호에게 가감 없이 이야기를 해주었다.

충격을 받을 줄 알았는데 반응은 다소 의외였다.

— 그게 정말이에요?

— 그래, 사실이다.

— 정말 잘 됐네요. 사실 신체가 허약해서 2차 각성을 거의 포기했었는데 말이죠.

— 무슨 소리냐?

— 만날 책만 보고 연구만 했더니 사실 몸이 엉망이었어요. 형님께는 말씀드리지 못했지만 뇌를 많이 사용한 탓인지 신경계가 빨리 노화됐더라고요.

— 으음.

— 고문을 당할 때는 조금 고통스러웠지만 완벽한 신체를 얻게 되었으니 보상받았다고 치죠, 뭐.

— 정말 괜찮은 거냐?

— 괜찮고말고요. 더군다나 드래곤 하트를 얻어서 S급 능력자가 된다고 하니… 진성능력자가 되기 위해서는 '그곳'으로 가야하는데 이게 어디에요. 로또를 천 번 맞은 것만큼이나 행운이 찾아온 거죠.

지독한 일을 겪었는데도 긍정적으로 생각을 하다니 정말 천성이 괜찮은 녀석이다

— 하하하, 녀석! 그렇게 생각한다니 정말 다행이다.

— 형이 절 찾아줘서 이런 생각도 할 수 있는 거죠. 형, 정말 고마워요.

— 장호야. 이제 나가야 한다. 당장은 움직이지 못하니 의식

속에서 새로 얻은 육체를 컨트롤하는 것에 집중하도록 해라.

— 알았어요. 무사히 빠져나가기나 하세요.

— 그건 염려하지 마라.

— 아참, 전에 죽었다고 말씀드렸던 그 S급 진성능력자가 이 안에 있을 거예요. 그자도 찾아서 데리고 가세요. 형님께 도움이 될 거예요.

— 그자가 도움이 된다고?

— 그자의 능력은 인지에요. 여기 연구소에 있는 모든 정보가 그자의 뇌에 기억되어 있다는 말을 들었어요, 아직 주체에 대한 인식이 끝나지 않아서 잘만 하면 형님이 주인이 될 수도 있으니 도움이 될 거예요.

— 알았다. 그렇게 하도록 하마. 그럼 조심해서 신체와 동기화를 마쳐라.

— 깨어나면 봐요.

장호의 의식과 대화를 마치고 나서 마법을 중단했다.

그 험악한 곳에서도 삶의 의지를 꺾지 않았던 장호다.

이런 엄청난 일을 겪었으면서도 다음 상황을 생각하다니 생각한 대로 정말 의지가 굳건하다.

'무슨 음모를 꾸미고 있는지 모르지만 네놈들의 뜻대로는 안 될 거다.'

더미가 곧바로 준비되고 장호의 뇌와 척수를 이식한 것을 보면 오래전부터 준비해 왔다는 것을 느낄 수 있었다.

이제부터 놈들의 음모를 부술 차례다.

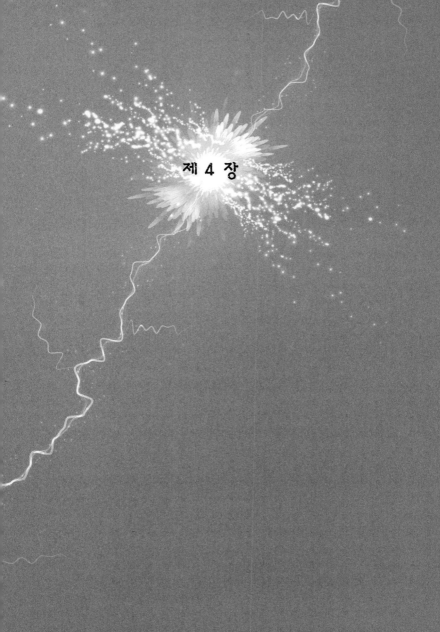

제 4 장

누워 있는 장호의 얼굴을 바라보며 마음을 다지는 가운데 내 팔을 잡는 아리의 손길이 느껴졌다.

내 표정이 풀린 것을 봐서 그런지 아리의 얼굴도 밝아져 있었다.

― 어때요? 괜찮은 거예요?

― 괜찮은 것 같아. 의식이 깨자마자 육체와 바로 동화를 시작했어.

― 휴우, 정말 다행이네요. 역시 자기가 동생으로 삼을 만하네요. 보통 사람이라면 미치고도 남을 상황인데 말이죠.

― 고난을 겪을수록 마음이 강해지는 녀석이야. 장호말로는

자신과 같은 형태로 새로운 신체를 얻은 S급 진성능력자가 이곳에 있다고 하는데 찾아봐야 할 것 같아.

— 그거라면 저거 저것 같은데…….

아리가 한쪽에 있는 커다란 물체들을 가리켰다.

가리킨 곳에는 생체 치료기를 겸한 의료용으로 보이는 캡슐 두 대가 놓여있었다.

— 맞는 거 같아.

캡슐을 살펴보니 하나에는 사람이 들어 있었고, 다른 하나는 비어 있었다.

— 이식 수술을 한 대상자를 치료하는 의료용 캡슐이 분명해 보여요. 한 대는 비어 있으니 자기 동생도 저기에 넣어서 데리고 가요. 자기 아공간은 살아 있는 것도 보관이 가능하니 문제는 없을 거예요.

— 알았어.

아리의 말대로 장호를 수술대에서 들어 생체 치료기 캡슐에 넣어 가동시킨 후 곧바로 아공간에 집어넣었다.

S급 진성능력자가 들어 있는 캡슐도 확인을 한 후 마찬가지로 아공간에 넣었다.

캡슐을 정리한 후 특급 마정석으로 만들어진 구망성이 들어 있는 원형의 틀은 혹시나 몰라서 가슴에 있는 포켓에 넣었다.

전투 슈트의 에너지가 충분하기는 하지만 혹시나 떨어질 때를 대비한 조치였다.

— 이제 나가야 할 때에요.

— 그래, 나가자.

우리가 이식 수술실을 나서자 열려 있던 결계가 곧바로 닫혔다.

아리가 에너지 흐름에 손을 쓴 것 같으니 놈들이라고 해도 당분간 열릴 염려는 없을 것 같다.

두 번째 적출을 위한 수술실을 나선 후, 곧장 공간 이동 마법진에 올라탔다.

이동을 한 후 결계를 빠져나오며 아리가 다시 손을 썼다.

회복된 에너지가 아주 조금인데도 무리를 하는 이유는 시간을 벌기 위해서였다.

옥상으로 가기 위해 엘리베이터로 가려고 하는데, 이미 작동을 하고 있는 중이었다.

층수를 나타내는 패널의 숫자가 점점 줄어들고 있다.

침입이 있다는 것을 알아차린 것이 분명했다.

— 아리는 내 뒤에 있어.

— 알았어요.

땡!

슈—슈슈슛!

제3섹터에 도착하자 차임벨이 울리고 문이 열리려 하기에 바로 비검을 날렸다.

퍼퍼퍼펑!!

"아악!!"

"아아아악!"

두꺼운 강판을 사정없이 뚫고 들어간 비검들이 비명성을 만들어냈다.

문이 열린 후 쓰러진 보안 요원들이 보였다.

수술실에 있던 자들과 마찬가지로 이놈들도 신체 기능은 정지했지만 죽지 않은 상태다.

― 들어가자.

어차피 엘리베이터가 아니면 위쪽으로 올라갈 수 없기에 안에 탔다.

스킨 패널을 이용해 엘리베이터를 가동시켰다.

지―이이잉!

염려와는 달리 엘리베이터가 움직였다.

'다행이도 호중방의 암호 패턴은 차단당하지 않은 것 같군. 놈들은 호중방의 패턴이 나로 인해 도용당했다는 것을 모르는 것이 분명하다.'

콰직!

일단 스킨 패널을 통해 파악해 둔대로 엘리베이터 안에 있는 칩을 부숴 버렸다.

'올라가고는 있지만 다음이 문제인데……'

맨 위층까지 올라가야 하는데 1층이 문제다.

다른 층에는 서지 않지만 로비에 있는 출입구는 바깥에서도 멈출 수가 있으니 말이다.

조종 장치를 망가트려서 로비에서는 서지 않을 테지만 놈들도 그냥 있지는 않을 것이다.

— 아리, 놈들이 1층에서 기다리고 있을지도 모르니 마음의 준비를 해둬.

— 걱정하지 말아요.

아리를 뒤에 세우고 천경을 발동시켜 두었지만 누가 기다리고 있을지 모르니 긴장이 된다.

'미친놈들!'

엘리베이터가 1층으로 올라서는 순간, 강력한 에너지 파동이 느껴진다.

건물을 부숴 버릴 생각인 것이 의심스러울 정도로 어마어마한 에너지 파장이다.

콰—앙!

엘리베이터 문에 충격파가 터지더니 문이 뜯기며 안으로 밀려들어온다.

터—엉!

손으로 막아내는 것과 동시에 비검을 썼다.

슈—슈슈슝!

에너지 파동을 만들어낸 S급 진성능력자가 날아오고 있었기 때문이다.

퓨—퓨퓨풋!

강도가 달라서 그런지 내가 던진 비검들이 조금 전과는 다른 소리를 내며 엘리베이터 문을 뚫고 날아갔다.

퍼퍼퍼펑!!

에너지가 본격적으로 충돌한 때문인지 비검과 놈의 배리어가 부딪치며 폭음이 울렸다.

충격이 가지 않도록 천경의 반탄력을 이용해 튕겨져 나오는 파동을 문 옆으로 회전시켜 발산했다.

우드드득!

끼—기기기!

충격이 있어 엘리베이터가 비틀렸는지 엘리베이터가 긁히는 듯한 기괴한 소리를 내며 움직였다.

— 내가 엘리베이터를 바로잡을 테니까 자기는 저자가 다가 서지 못하도록 막아요.

예상치 못한 공격으로 인해 뒤로 물러났지만 S급 진성능력자 가 아주 빠르게 다시 움직이고 있었다.

배리어에 튕겨져 나간 비검은 이미 공간 이동으로 다시 돌아와 있었다.

ㅡ 알았어.

세 개의 마나 엔진이 극한으로 돌아가며 만들어진 에너지가 비검에 스며들었다.

'이번에는 쉽지 않은 거다.'

전력을 다해 비검을 다시 날렸다.

쐐ㅡ애애액!!

콰앙!

콰콰쾅!!

엄청난 폭음과 함께 놈이 친 배리어가 빠르게 깨져 나갔다.

비틀거리는 것이 충격이 상당한 듯했지만 놈은 연이어 날아 오는 비검을 배리어로 막으며 한 발 한 발 전진하고 있었다.

끼기기기긱!

ㅡ 됐어요.

슈ㅡ우우우우!

아리가 비틀린 부분을 바로잡은 탓인지 엘리베이터가 빠르게 올라가기 시작했다.

운행 속도의 한계를 초과해서인지 부서진 문 사이로 공기가 빠져나가며 기괴한 소리가 났다.

ㅡ 다른 진성능력자가 있어요.

ㅡ 나도 느꼈어. 조심해야 할 것 같아.

엘리베이터가 꼭대기 층으로 다다를 즈음 아리의 말대로 다른 자가 기다리고 있는 것이 느껴졌는데, 정말이지 기세가 심상치 않은 자였다.

로비에 있던 자와는 비교도 할 수 없는 강자가 분명했다.

짝! 짝! 짝!

도착하자마자 박수 소리가 들린다.

"하하하하! 거길 뚫고 올라오다니 정말 대단하군. 뒤에 있는 여자가 도움을 줬다고 해도 쉽지 않은 일이었을 텐데 말이야."

'으음, 빈틈이 하나도 없다.'

박수를 치며 웃어 보이고 있는데도 틈이 없어 섣불리 공격을 할 수가 없다.

'이자는 일 층에 있던 자와는 차원이 다른 진성능력자다. 초월에 거의 다다른 자가 분면하구나.'

중국에서 진성능력자는 두 가지 계열로 분리가 된다.

무공을 익혀 내공이라는 에너지를 다루는 무림인과 본질을 통해 각성한 초능력자로 말이다.

초능력자는 워낙 다양해서 능력에 따라 별도로 분류하기 쉽지 않다.

개별 특성을 중심에 놓고 종합적인 능력을 고려해 등급을 분류하는 것이 일반적인 방법이다.

무림인들은 무공의 고하를 기준으로 하는 경지에 따라 등급을 분류한다.

A에서 C급까지는 일류에서 삼류까지로 비교적 명확하게 구분을 해놓았고, S급부터는 조금 다르게 구분한다.

S급은 절정과 화경의 두 가지로 나누었는데, 절정은 일반적으로 알고 있는 S급 진성능력자가 맞지만 화경은 조금 달랐다.

S급을 벗어나 초월자의 반열에 한 발자국 걸친 존재의 경지를 화경이라 해서 따로 관리를 한다.

앞서 로비에서 마주쳤던 자가 절정의 경지라면 지금 눈앞에 있는 자는 화경 급의 진성능력자고 할 수 있다.

'그런데 저자가 어떻게 여기 와 있는 거지?'

앞에 있는 자가 뿜어내는 에너지의 특성은 이미 알고 있는 것이었다.

중관춘 일대를 심안으로 확인했기 때문이다.

아직 티엔샤 바이오 연구소의 상황이 알려지지 않았을 텐데 국정원 진성능력자의 감시를 총괄하던 자가 여기 와 있다는 것이 의아했다.

"어디 실력을 한 번 볼까?"

말이 끝나기도 전에 놈의 모습이 흐릿해졌다.

'위험하다.'

퍼—억!

"크윽!!"

타격 소리는 딱 한 번밖에 들리지 않았지만 놈의 주먹은 같은 곳을 세 번이나 친 후였다.

전투 슈트가 움푹 들어갈 정도로 충격에 전해져 내장이 뒤틀렸다.

'크으, 갈비뼈가 부러졌다.'

손의 움직임은 보이지도 않았고, 느낄 사이도 없이 당해 버렸다.

전투 슈트가 충격을 방어했기에 망정이지 아니었으면 그냥 골로 갈 뻔했다.

이미 한계를 초월한 터라 나로서는 도저히 상대할 수 있는 자가 아니었다.

'무서운 자다. 에너지가 이제 얼마 남지 않았는데…….'

1층을 통과하며 S급 진성능력자를 상대하느라 전투 슈트의 마나 엔진들은 이제 한계에 도달했다.

'어떻게 하면…….'

다른 방법을 강구해 보려는 찰나, 아리가 움직였다.

— 이대로는 저자의 손에서 빠져나갈 수 없어요. 내가 상대할 테니 자기는 어서 도망갈 방법을 찾아요.

— 아리, 안…….

말릴 사이도 없이 어느새 내 앞으로 나선 아리가 쌍검을 휘두르고 있었다.

휘—익!

콰—아앙!!

앞에 있는 놈이 양팔을 교차하며 아리가 쏘아낸 검격을 막자 거대한 폭음이 터졌다.

콰콰콰쾅!

우르르르르르르!

배리어처럼 보이는 에너지 흐름으로 인해 휘돌아간 에너지로 인해 사방이 터져 나갔다.

"후후후, 아직 시간이 많은 데 성격이 급하군."

파파파팟!

콰콰콰쾅!

들을 필요도 없다는 듯 아리의 두 손에 들린 쌍검이 춤을 추었다.

매서운 공격임에도 불구하고 놈은 아리의 검격을 간단한 손짓으로 막아내고 있었다.

콰콰콰쾅!!

이미 장호를 구하기 위해 금제들을 뚫으며 많은 에너지를 소모한 터라 아리는 지금 무리를 하고 있는 중이다.

그러나 상대가 되지 않는 것을 알면서도 아리는 결코 포기한 눈빛이 아니었다.

에너지를 대부분 사용했음에도 기세가 전혀 줄지 않았다.

포기를 모르는 전사의 눈빛으로 맹렬하게 놈에게 공격을 퍼붓고 있었다.

'크으, 벗어날 방법을 빨리 찾아야 한다.'

남아 있는 에너지가 없는 것도 문제지만 싸우는 모습을 보니 S급 진성능력자이기는 하지만 전투 경험이 별로 없는 것이 확실하다.

S급으로 올라선 후 스승의 죽음에 대해 조사하고, 드미트리를 찾느라 제대로 능력을 추수를 시간이 없었을 것이다.

이대로는 놈을 상대하는 것이 무리였기에 서둘러야 했다.

— 조금만 참아.

'제길!!'

아리에게 텔레파시를 보냈지만 여의치 않은 상황이다.

내장이 충격을 받았고, 갈비뼈가 부러져 폐를 찌른 터라 부상이 심각한 상황이다.

다른 일로 다쳤다면 모르겠지만 놈의 권격에 실린 에너지가 전투 슈트를 뚫고 침투해 있다.

에너지를 놈이 침투시킨 에너지를 뽑아내기 전에는 포션을 먹는다고 해도 바로 회복하기는 어려운 상태다.

심각한 상황이기에 이곳을 벗어날 방법을 강구해야 하지만 마땅한 것이 없다.

쾅!

화르르르!

방법을 찾으며 아리를 눈으로 쫓고 있는데, 놈의 눈앞에서 화염과 함께 폭발이 일어났다.

'어쩌면……'

"하룻강아지들이!!"

아리가 검으로 공격하는 동시에 마법을 펼친 것이 성공했지만, 화염이 곧바로 가라앉으며 노성이 들려왔다.

'젠장! 호신강기라는 거구나.'

놈이 에너지 배리어보다 밀도가 높은 호신강기를 펼치고 있어 그리 큰 타격을 줄 수 없었던 것 같다.

아리의 공격에 화가 난 건지 놈이 내공이라 부르는 에너지를 급격히 끌어 올리는 것이 느껴졌다.

놈의 손이 청색의 빛으로 불타오르고 있었다.

'궈, 권강!'

막는 것은 뭐든지 갈라 버린다는 에너지 블레이드인 검강과 더불어 공격의 정점이라는 권강이다.

'크으, 이대로라면 아리가 위험하다.'

아리가 S급 능력자라고는 하지만, 놈과는 천양지차의 격차가 있어 절대 권강을 상대할 수 없다.

— 천은비!

쐐—애애액!

급한 상황이라 전투 슈트를 겨우 유지할 수 있는 에너지만 남겨놓고 남아 있는 것을 전부 긁어모아 공령의 비수들을 놈에게 날렸다.

콰콰콰콰콰콰콰쾅!!

'제기랄!!'

한 발 늦어버렸다.

놈이 연이어 두 손으로 쏘아낸 권강이 아리의 전신을 두들기며 폭음이 터진다.

권강이 나에게까지 날아오는 것을 막기 위해 아리는 비틀거리면서도 몸으로 막아내고 있었다.

털썩!

비틀거리며 뒤로 물러나다가 쓰러지려는 아리를 부축하려 했지만 나또한 힘을 쓸 수 없어서 밀려나는 힘을 해소하지 못하고 같이 나뒹굴었다.

"어디서······."

쐐—애애애액!

천은비의 공격이 시작되었기에 놈은 더 이상 말을 잇지 못했다.

콰콰콰콰콰콰콰쾅!

콰콰콰콰콰콰콰콰쾅!

대기가 찢어지는 소리와 함께 연이어 폭음이 터졌다.

대기 중에 은밀히 감춰졌다가 한 점을 향해 쇄도하는 청동검들을 연이어 권강으로 쳐내고 있었다.

푹!

그때, 연이어 발생하던 폭음과는 다른 소리가 들렸다.

놈이 마지막에 막아낸 것은 앞선 것과는 달랐다.

겹쳐진 공간에 동시에 머물렀던 두 개의 비검 중 하나가 권강에 맞아 폭발하는 순간, 공간을 열고 나타난 다른 비검이 소리 없이 움직였기 때문이다.

'크으, 실패했군.'

겹쳐진 공간을 이용해 비검을 펼치면서 경로가 틀어지게 만들었기에 실제로 노린 것은 놈의 심장이었다.

연이은 비검의 충격을 통해 권강을 이루는 에너지가 흐트러진 미세한 틈을 찾았지만 청동검은 놈의 손바닥에 꽂혀 있었다.

초월자의 영역에 한 발 걸쳤다는 화경답게 예상한 경로를 벗어나 쇄도하는 비검을 순간적으로 손을 내밀어 막아낸 것이다.

팅!

놈이 분노한 표정으로 왼쪽 손바닥에서 비검을 잡아 뽑아 바닥에 던졌다.

"크으, 씹어 먹어도 시원치 않을 놈들이군. 으드득!"

놈이 이를 갈며 오른손을 들어올렸다.

"살려서 데려가고 싶었지만 죽어도 상관없다고 했으니 나를 원망하지 마라. 모두 네놈들이 자초한 일이니까.”

오른손에 지금까지와는 다른 것이 나타났다.

푸른빛의 권강 대신 놈이 펼친 오른손 바로 앞에 새하얀 백광을 흘리는 커다란 손바닥이 떠올라 있었다.

‘저건······.’

저놈의 몸에서 나온 에너지와 대기 중의 에너지가 융합하고 있어서 절대 막을 수 있는 것이 아니다.

‘아직 포기하면 안 된다. 어떻게 됐든 막아야 한다.’

아공간에 들어 있는 장호도 그렇고, 이미 의식을 잃고 있는 아리를 살려야 한다.

두 사람 다 나 때문에 이렇게 됐으니 말이다.

‘너무 위험하기에 지워 버린 방법이지만 지금 상황은 이것저것 따질 때가 아니다.’

1층을 통과하며 세 개의 마나 엔진에 에너지를 공급하는 코어들이 한계에 부딪치는 것을 알게 되었을 때 곧바로 생각이 난 방법이 하나 있다.

바로 전투 슈트의 코어 대신 구망성에 있는 특급 마정석들을 에너지 코어로 사용하는 것이다.

전투 슈트에 장착된 에너지 코어인 마나석과 마정석은 출력이 비슷하기에 충분히 교체해서 사용하는 것이 가능했다.

아공간에 보관되어 있는 드래곤 하트들은 전투 슈트에 사용되는 에너지 출력과 맞지가 않아서 사용할 수가 없기에 생각해 낸 방법이었다.

'그나마 아공간이 아니라 포켓에 넣어 놓지 않았다면 생각도 하지 않았겠지만 지금은 물불을 가릴 때가 아니다.'

마정석을 아공간에 넣어 두었다면 놈이 지켜보고 있어서 사용해 볼 생각도 하지 못했겠지만 전투 슈트의 포켓에 넣어둔 터라 시도해 볼만 했다.

안정성이 검증되지 않아 위험하다고 해도 말이다.

— 에너지 코어 체인지!

스킨 패널을 열고 포켓에 들어 있는 특급 마정석과 접속을 했다.

탈착식인 다른 전투 슈트와는 달리 지금 입고 있는 것은 공간 이동을 통해 에너지 코어를 교체하는 방식이다.

의지를 보이자 상급 마나석과 특급 마정석의 교체가 순식간에 이루어졌다.

군데군데 박혀 있던 정령석들은 아직 틀 안에 박힌 채로 포켓에 남아 있는 중이다.

'놈이 방심하고 있으니 다행이군. 아마도 우리 사체를 확보하기 위해서겠지.'

쓰러져 있는 나와 아리가 움직일 수 없다고 생각했는지 에너지를 끌어 모으면서 위력을 조절하는 중이다.

더미를 통해 우리가 가진 능력을 활용하기 위해서일 테지만 나에게는 기회였다.

— 기동!

우—우우웅!

세 개의 마나 엔진을 기동시키자 격하게 움직이며 특급 마정 석에 담긴 에너지를 끌어왔다.

— 배리어!!

곧바로 나와 아리를 감싸는 배리어를 생성시켰다.

"후후후, 발악을 하는 구나. 고장 그 정도로 네놈이 날 막을 수 있을 것 같으냐?"

놈이 가소로운 표정으로 우리를 바라본다.

초월의 경지에 올랐으니 그럴 만한 자격이 있는 놈이지만 나 를 너무 물로 봤다.

'됐다.'

배리어를 제일 먼저 생성한 것은 놈을 방심시키기 위한 것이 다.

내가 진짜로 한 것은 놈이 투사해 몸속으로 침투한 에너지 파 동을 제거하는 것이었다.

내 의도는 성공적으로 이루어졌고, 몸은 아주 빠르게 회복되 고 있었다.

'전부 부숴 버렸다고 알고 있을 테니까 이번이 마지막 기

회다.'

공령에 장착되어 있다가 적을 향해 쇄도하는 청동검들은 부서지기는 했지만 곧바로 다시 만들어 낼 수 있다.

에너지 블레이드처럼 형상화된 것이라서 공령에 주입할 수 있는 에너지만 충분하다면 몇 번이고 다시 생성이 가능했다.

'비공기까지 갈 수 있는 에너지만 남기고 모두 운용해야 한다.'

백광이 점점 짙어져 시야가 보이지 않을 정도였기에 거의 한계까지 특급 마정석에 담겨 있는 에너지를 끌어 올렸다.

'특급 마정석인데도 에너지가 많이 모자라다. 으음, 이 정도로는 안 된다.'

배리어로 막으려는 것처럼 보였던 것이 놈의 비위를 거슬렀나 보다.

놈의 손 위로 에너지의 압축이 빠르게 가속되고 있다.

특급 마정석의 에너지만으로 충분할 줄 알았는데 내가 원하는 것을 시도하기에는 많이 부족하다.

'어쩔 수 없다. 정령석도 써야 한다. 정력석의 에너지를 끌어다가 배리어를 강화해야 한다.'

배리어를 이대로 둔다면 공격이 성공할 수도 있겠지만, 아리와 장호의 안전이 우선이었다.

— 코어 융합!

포켓에 남아 있는 정령석도 출력이 비슷해 에너지 코어로 사용이 가능하기에 융합을 시켰다.

'잘 하면 막아낼 수도 있다.'

다행이 정령석도 에너지 코어에 합쳐진 후 빠르게 흡수되었고, 배리어가 빠르게 강화되고 있었다.

"가랏!"

놈이 손을 내젓자 찬란한 백광을 흘리는 거대한 손바닥이 날아와 배리어를 움켜쥐었다.

콰드드득!

그러자 배리어가 일그러지며 소음을 냈는데, 금방이라도 부서질 것 같았다.

― 크윽, 지금이다!

"하하하하, 네놈의 수작이 또 통할 것 같으냐?"

숨겨져 있던 존재감을 느낀 것인지 놈이 다시 손을 흔들며 비웃음을 흘렸다.

배리어를 짓누르는 것보다 한참이나 작은 백광의 손바닥들이 수도 없이 나타나며 놈의 주위를 감쌌다.

― 모든 것을 꿰뚫어라!!

쐐―애애액!

콰콰콰콰콰콰콰콰쾅!

아홉 번의 폭발음이 터지고 난 후 공간에 겹쳐 두었던 청동검들이 빈틈을 파고들기 위해 나섰다.

이미 어느 정도 예상을 했는지 또 다른 손바닥이 나타나 청동 검을 휘감더니 쇄도하던 방향을 비틀었다.

폭발의 흐름이 빗겨내 다른 방향으로 돌리는 것이 역시 초월 자에 한 발을 걸친 자답다.

"하하하하!!"

'웃어라! 하지만 아직 끝나지 않았다.'

티티티티티티티티팅!!!

쐐―애애애애액!

다시 비검이 날아올랐다.

천은비(千隱飛)와 유사하지만 이번에 펼친 것은 폭산화(暴散花)라는 것이다.

놈이 내뿜은 에너지 흐름에 말려 사방으로 흩어졌던 아홉 자루의 손바닥만 한 청동검이 각각 아홉 개로 분리되며 사방에서 쇄도한다.

콰콰콰쾅!!

콰지지지지지직!

'무너진다.'

특급 마정석의 수만큼 늘어난 청동검이 놈을 무자비하게 폭격하며 발산되는 충격파로 건물이 부서지기 시작했다.

전투 슈트에 장착된 마나 엔진이 멈출 때까지 계속해서 이어질 것이기에 결국엔 건물이 무너질 터였다.

사람을 죽이게 되면 2차 각성을 포기해야 하지만, 아리를 죽음으로 내몰 수 없기에 각오하고 펼친 것이다.

파파파팟!

놈이 밀려드는 폭산화를 막아내는 것을 보면서 빠르게 비공기가 있는 곳으로 달렸다.

부서져 내리는 건물의 잔해를 피해 비공기에 간신히 도착할 수 있었지만 아래쪽 바닥이 무너지고 있었다.

한쪽으로 기울어지기 시작한 비공기의 덮개를 재빨리 열고 아리를 품에 안고 올라탔다.

슈—우웅!

덮개를 닫자마자 곧바로 상공으로 날아올랐다.

우르르르!

비공기가 떠오르자마자 건물이 무너지기 시작했다.

'크으, 다행이다. 최대한 빨리 벗어나야 한다.'

인식 차단 장치를 이용한 스텔스 기능이 작동하고 있지만 가까운 거리라면 들킬 수가 있다.

최대한 빨리 놈의 역장에서 멀어지는 것이 관건이었다.

"이런!!"

날아오른 지 얼마 지나지 않아 전투 슈트에 공급되는 에너지가 떨어졌다.

"커어억!"

마나 엔진이 정지하자마자 가슴에서 온몸을 찢는 것 같은 격통이 밀려들었다.

에너지 코어와 마나 엔진으로부터 흘러나오는 이질적인 에너지가 내부에 충격을 준 탓이었다.

조종간을 놓치자 기체가 급격하게 흔들렸지만, 다행스럽게도 곧바로 조종간을 잡아 흔들리는 비공기를 안정시킬 수 있었다.

'제기랄! 벌써부터 부작용이라니……'

마정석을 사용해 일어나는 반작용으로 발생한 충격파를 내 신체가 감당하지 못하는 것이 분명했다.

주르르르륵!

'빨리 벗어나야 한다.'

입가로 피가 흘러내려 아리의 머리 위로 떨어지고 있었지만 닦아줄 생각도 못했다.

'아리야, 미안하다.'

아직도 놈의 역장을 벗어나지 못하고 있었기에 조종간을 놓을 수는 없었다.

콰앙—!

콰지지지직!

파츠츠츠츠츠츠!

커다란 충격과 함께 부서져 버린 계기판들에서 스파크가 튀어 올랐다.

"크으으윽!"

놈이 쏘아 보낸 권강에 비공기가 맞은 것 같다.

우르르르릉!

티엔샤 바이오의 상층부가 무너져 내렸다.

콰지지직!

콰콰콰쾅!

무너진 잔해로 인해 불규칙하게 변해 버린 하중을 견디지 건물의 기둥들이 연쇄적으로 부서졌다.

하중이 계속 증가한 탓에 거대한 건물이 아주 빠르게 무너져 내리기 시작했다.

파파파파팟!

먼지 폭풍과 파편이 사방으로 날리는 가운데 사람들이 빠른 속도로 튀어 나왔다.

침입자를 잡기 위해 연구소에 들어와 있던 진성능력자들이었다.

아무리 진성능력자라 해도 수만 톤의 콘크리트 더미에 깔려 버리면 대책이 없다.

그야말로 죽음을 면치 못하는 상황이라 일제히 탈출을 감행한 것이다.

투입된 인원이 진성능력자들이라 전부 몸을 피할 수 있었다.

먼지를 잔뜩 뒤집어 쓴 채 건물이 무너지는 폭풍을 피한 진성능력자들은 분노한 표정으로 잔해를 바라보고 있었다.

그들 중에는 아리를 죽음 직전까지 몰아 붙였던 자도 있었다.

"으드드득! 제기랄!"

시야에서 사라지는 비공기를 향해 권강을 날린 후 무너지는 건물 때문에 몸을 피해야 했던 장인보는 이를 갈았다.

충분히 격추시킬 수 있음에도 무너지는 건물 탓에 균형이 무너지며 권강이 빗겨 맞았기 때문이었다.

장인보는 무너져 내려 먼지가 뿌연 건물의 잔해를 향해 손을 휘저었다.

휘이익!

돌풍이 일어나며 먼지가 한곳으로 뭉쳐져 시야가 확보됐다.

"어서 잔해를 뒤져서 생존자를 찾아라!"

놓친 놈보다 그동안 각고의 노력으로 키워온 진성능력자들을 찾는 것이 우선이었다.

죽었더라도 전투 슈트를 입고 있어 사체는 대부분 온전할 것이기에 생사를 불문하고 모두 찾아야 했다.

'문제는 지하인데…….'

지하에 만들어진 연구실에서 극비리에 이루어지는 수술에 대해 정보가 새어나갔을 확률이 크기에 확인을 해야 했다.

'제기랄, 시간이 없다. 천화 그년에게 데이터를 저장시켜 놓은 것이 아니었는데…….'

어떤 상황인지 파악을 하는 것도 중요하지만 지금은 그것이 문제가 아니었다.

대계를 위해 지금까지 모아온 데이터를 확보하는 것이 급선무였다.

그러나 시간이 너무 없었다.

중관춘에 각국의 정보 요원들이 눈에 띄기 시작하면서 장인보는 지금까지 모아온 데이터를 독립된 곳에 저장시킬 생각을 굳혔다.

자칫 유출된다면 어마어마한 사태를 불러 올 수 있었기 때문이었다.

그러다가 이번에 때마침 대한민국 S급 진성능력자와의 전투에서 천화가 죽었고, 계획을 곧바로 실행시켰다.

천화의 생체 세포를 통해 만들어 두었던 더미를 사용해 이식 수술을 끝낼 수 있었다.

그리고 연구하고 있던 모든 데이터를 이식한 천화의 뇌에 보관해 두었다.

부활 프로젝트가 아직 끝난 것이 아니라서 천화가 완벽하게 되살아난 것은 아니었다.

한동안 차원 에너지를 주입해 의식과 신체를 동기화시키면서 활성화시켜야 하기 때문이다.

차원 에너지의 수급은 건물 내부에 마법진을 새기고 마나석을 이용해 만들 연구소로 집중하도록 만들어져 있었다.

문제는 건물이 무너지면서 마법진 또한 박살이 나버린 상태라 차원 에너지의 주입이 중단되었다는 것이다.

'자금성에서 빌어먹을 새끼들과의 전투가 벌어졌을 때는 내가 예상대로 진행이 되어서 틀어질 일이 없다고 생각했었는데…….'

천화는 예지를 사용할 수 있는 인지 능력자로, 사사건건 자신의 의견에 반대하는 입장을 고수해 왔다.

성동격서에 당했다는 것을 알고 되돌아갔을 때는 이미 자금성이 무너지고 있는 중이었지만, 미처 빠져나가지 못한 S급 진성능력자들과 조우할 수 있었다.

곧바로 전투가 벌어졌고, 은근슬쩍 적들의 공격을 천화에게 집중되도록 유도해 죽음을 선사할 수 있었다.

적들은 도망쳤지만 천화의 죽음은 어차피 계획의 일부였기에 성공했다고 생각했는데 지금은 확신할 수 없었다.

연구소가 무너지고 지하의 비밀 실험실은 확인도 하지 못했기 때문이다.

'이대로 차원 에너지를 주입하는 것이 중단되면 더미에 이식한 천화 그년의 뇌와 척수가 썩어버릴 테니 최대한 서둘러야 한다.'

세뇌를 시키고 데이터를 저장하기 위해서는 흑마법을 사용해야 했다.

차원 에너지의 주입이 중단되면 흑마법의 부작용으로 인해 더미에 이식한 뇌와 척수가 썩어버릴 것이 분명했다.

시간이 늦으면 모든 데이터를 잃을 수 있었다.

건물의 잔해를 치우고 마법진이 망가졌다면 굴착을 해 들어가야 하는 터라 시간이 없었다.

그동안의 계획이 모두 물거품이 되는 것이었기에 서둘러야 했다.

— 가용할 수 있는 모든 것을 동원해 저기 쌓여 있는 잔해들을 치워라!

애가 탈 수밖에 없었기에 장인보는 수하들에게 텔레파시를 보냈다.

'틀림없이 대한민국의 보이지 않는 그림자들일 테니 도주한 놈들도 잡아서 확인을 해야 한다.'

도주한 자들에 의해 마법진이 뚫리고 안의 것들을 모두 망가졌다면 문제가 심각했다.

특히나 천화에게서 적출한 뇌와 척수가 놈들의 손에 들어가 그동안 진행해 온 계획에 대한 정보가 지하에서 올라오는 것을 확인한 터라 비공기를 타고 도주한 자들을 반드시 사로잡아야 했다.

― 지금부터 경계령을 최고 등급으로 올린다. 도주한 비공기는 내가 펼친 공격을 맞은 상태다. 북경 상공을 비행하는 모든 비행체를 살피도록 하라. 그리고 감시하는 놈들을 생포할 준비를 해라.

서슬 퍼런 장인보의 지시에 진성능력자들이 발 빠르게 움직이기 시작했다.

장인보의 명령을 수행하기 위해 진성능력자들은 자신들이 부여 받은 권한으로 아낌없이 사용했다.

사라진 비공기를 찾기 위해 진성능력자 중 초능력을 사용하는 자들이 빠르게 동원되어 북경 전체에 깔렸다.

그리고 빌딩 상공에 배치되어 있는 레이더 부대들과 대공 경비망을 구성하는 부대들이 총동원되어 움직였다.

미사일들의 방향이 일제히 하늘을 향하며 거대한 화망이 구성되었고, 진성능력자들의 에너지가 북경 상공 전체에 깔렸다.

평소라면 절대 불가능한 일이었지만 장인보의 지시가 이루어지고 불과 1분도 되지 않아 이루어진 일이었다.

모두가 대한민국의 요원들로 보이는 자들을 처리하기 위해 미리 준비를 해둔 것이 있어서 가능한 일이었다.

'일이 틀어졌으니 일단 보고부터 하자.'

중관춘 일도 그렇지만 티엔샤 바이오는 국가안전부장의 지대한 관심을 받고 있는 곳이다.

상황이 걷잡을 수 없이 커져 버린 탓에 보고를 누락시킬 수도 없는 일이었다.

장인보는 까다로운 상사에게 보고하기 위해 인상을 찡그리며 특별한 보안 장치가 되어 있는 스마트폰을 열었다.

제 5 장

자동으로 복구가 되는 기능 때문인지 여기저기서 튀어 오르던 스파크가 잦아들었다.

'비행하는 데는 문제가 없으니 그나마 다행이다.'

계기판이 부서져 완벽하게 조종을 하기는 쉽지 않겠지만 다행스럽게도 방향을 틀거나 나는 것은 가능했다.

'하지만 이대로는 위험하다.'

방어 시스템의 상태에 대해 알려주는 계기판이 완전히 먹통이었고, 에너지 게이지도 빠르게 떨어지고 있는 중이다.

'비행은 가능하지만 에너지가 떨어지고 난 뒤 스텔스 기능이 사라져 버리면……'

S급 진성능력자만 동원한 것이 아닌 것이 분명하다.

다수의 진성능력자와 군대까지 동원해 추적을 할 것이 분명하기에 스텔스 기능이 사라져 버리면 큰 문제다.

에너지가 떨어져 완벽하게 무방비 상태가 된 후 집중포화라도 맞는다면 살 수 있을지 장담을 할 수가 없다.

'다행히 역장의 범위에서는 벗어났지만 지금 상태로 안가로 가면 절대 안 된다. 그때쯤이면 스텔스 기능이 완전히 정지할 테니까.'

아직 남아 있을 S급 진성능력자들 때문에 안가로 가는 순간 바로 들킬 것이 분명하다.

'우선 피해 있을 곳을 찾아야 한다.'

아직은 안전한 것이 아니었기에 놈들의 추적을 피할 다른 방법을 찾아야 했다.

'마침 저기 있군.'

때마침 가고자 하는 방향으로 날아가고 있는 비행기가 느껴졌다.

곧바로 따라 붙어 비공기를 비행기 위쪽에 자리 잡도록 한 후에 같은 경로를 잡았다.

파장을 반사하는 면적이 넓은 비행기로 인해 비공기가 감춰질 것이기에 어느 정도는 안심할 수 있었다.

'휴우, 다행히 에너지가 간발의 차이로 떨어졌군.'

자리를 완전히 잡자마자 스텔스 기능을 담당하고 있는 에너지 게이지가 완전히 바닥을 쳤다.

조금만 늦었어도 큰일 날 뻔했다.

'이제부터 나와 아리가 걸치고 있는 인식 차단 장치를 확장하고 운에 기대는 수밖에는 없다.'

아리의 스승님께서 남기신 현무가 블라디보스토크로부터 공간 이동을 해오고 있는 중이다.

비행기의 항로가 마침 약속한 곳 근처로 날아가고 있기에 운이 좋다면 조우할 수 있을 것이다.

'이렇게 무기력 하다니……'

운에 기대야 하는 상황이라 마음이 답답했다.

'일단 아리의 상세부터 살피자.'

나 역시 무리하게 마나 엔진을 작동시킨 탓에 상처를 입은 상황이지만 아리의 상태가 더 위중하다.

잠시지만 이목을 따돌릴 수 있을 것 같으니 아리의 상세를 살펴봐야 했다.

놈의 권강은 전투 슈트를 뚫고 들어와 내상을 입힐 정도로 특이한 에너지 패턴을 가지고 있었으니 말이다.

― 심안 연계!

스킨 패널을 통해 심안을 연계 했지만 아무것도 느껴지지 않는다.

— 심안 연계!

다시 한 번 연결을 시도해 봤지만 아무런 느낌이 없다.

— 심안 연······.

"커억!"

심장에서 격통이 일어나는 것과 함께 피를 토했다.

"왜 안 되는 거야? 으아아아!! 컥! 컥!"

아무것도 할 수 없는 상황이다.

작전 중에 아무리 큰 위험에 처하고, 부상을 입었어도 살아남을 수 있었던 이유는 심연의 심안 때문이다.

그런데 갑자기 작동하지 않다니 정말이지 미칠 노릇이다.

'심안이 움직이지 않는 이유는 하나밖에 없다.'

그동안 경험했던 위험들에 비추어 볼 때 심연의 심안이 작동하지 않는 이유는 마정석과 정령석밖에는 없다.

광산에서 채취하는 마나석과는 달리 마정석은 몬스터의 사체에서 채취하고, 정령석은 정령에 이해 만들어진 것이다.

심연의 심안은 1차 각성으로 얻은 내 본질이고, 의지의 근간이라고 할 수 있는데 전투 슈트를 사용하게 되면 항상 연계가 되어 있는 상태다.

'내가 가진 심안에 영향을 미칠 만한 것은 오직 다른 의지밖에는 없다. 마정석과 정령석은 모두 의지를 가진 존재들로부터 만들어진 에너지원이라서 나에게 영향을 미쳤을 것이다.'

마정석과 정령석은 의지를 가진 존재로부터 채취하거나 만들어진 것이다.

아무래도 잔존 사념이 남아 있는 마정석과 정령석이었던 것 같다.

그걸 전투 슈트의 에너지원으로 쓰면서 문제가 생길 정도로 내 의지와 본질에 영향을 끼친 것이 분명했다.

착용자를 보호하기 위해서인지 아리의 전투 슈트가 해제되지 않고 있다.

심안이 아니면 전투 슈트 안에 있는 아리의 상태를 살필 수가 없다.

장호에게 한 것처럼 아리에게 드래곤 하트라도 사용해 보고 싶지만 출력이 맞지 않아 이 상태에서는 오직 죽음밖에 없다.

"내가 이렇게 무기력했다니……."

1차 각성밖에 하지 못한 내 능력이 현실화되기 위해서는 전투 슈트와의 연계는 필수라고 할 수 있다.

전투 슈트의 연계하지 못하니 정말 아무 것도 할 수 없는 상황이다.

"크크크큭!"

S급 능력자의 사체를 다룰 정도면 위험할 수도 있다고 생각했지만 어느 정도 자신이 있었는데 모두가 내 오만이었다.

"미친놈, 아직은 어떤 것도 포기할 때가 아니다."

아무것도 할 수 없는 내 자신이 너무도 미웠지만 심안이 작동하지 않는다고 해서 이대로 아리를 포기할 수는 없다.

"아리를 보호하기 위해 전투 슈트가 해제되지 않는 것을 보면 아직 시간이 있는 것이 확실하다. 혹시……."

사용자가 회생이 어렵거나 죽음에 이르게 되면 전투 슈트는 자동으로 해제가 되니 기회가 있다.

"잘은 모르지만 현무라면 아리를 치료할 방법이 있을 지도 모른다."

아리가 서브 마스터로 지정되었지만 은근히 나보다 아리를 우선시 하는 현무였다.

틀림없이 아리가 중상을 입었을 때를 대비한 대책도 가지고 있을 것이다.

현무를 만난다면 아리를 살릴 수도 있을지 모르기에 나도 준비를 해야 했다.

"아리를 살리려면 우선 나부터 몸을 회복해야 한다."

— 포션 소환!

"다행이다."

생각을 하자 곧바로 아공간이 열렸다.

걱정하고 있었는데 다행히 아공간은 작동하고 있어서 포션을 꺼낼 수 있었다.

"정신 차리자!"

꿀꺽!!

"크으."

포션을 들이키고 나서 손으로 근육을 움직여 폐를 찌르고 있는 갈비뼈를 밖으로 밀어냈다.

"허어억!"

포션이 작용하는지 숨쉬기가 편해지면서 내상을 어느 정도 진정시킬 수 있었다.

— 심안 연계!

내상이 회복된 후 스킨 패널을 열어 접속을 시도했지만 아예 연결이 되지 않는다.

"으음, 이제 통증은 없는데도 연결이 되지 않는구나."

내상이 어느 정도 회복이 되었는데도 심연의 심안은 작동하지 않았지만 실망하지 않았다.

"약속한 장소로 어서 가야 한다. 가는 동안 어떻게 할 것인지 생각을 해보자."

아리를 회복시키는 방법은 떠올리지 못했지만 S급 진성능력자들을 따돌리고 벗어날 방법은 생각해 내야 했다.

"빨리 가야하는데 정말 늦군."

비공기가 레이더에 잡히지 않도록 비행기를 따라 이동하고 있는 중이다.

어느 정도 생각을 정리했지만 마음이 급한데 날아가는 속도가 무척이나 더뎠다.

"이제 다 왔다. 최대한 빨리 내려가야 한다."

현무를 만나는 것도 확정할 수 없는 상태라 시간이 길게만 느껴졌지만, 어느새 약속 장소가 가까워지고 있었다.

현무와 만나기로 약속한 장소는 만리장성이 있는 팔달령 근처다.

거리가 가까워졌기에 조종간을 틀어 비행기와 거리를 약간 벌린 뒤 빠른 속도로 하강을 했다.

비공기가 착륙한 곳은 관광버스 차고지와 주차장을 겸하는 곳이다.

뒤쪽 편에 있는 내가 임대한 창고가 현무와 약속 장소로 잡은 곳이다.

창고 안이 텅 비어 있었고, 자동으로 문을 여닫을 수 있게 만들어진 터라 착륙한 후 어렵지 않게 비공기를 숨길 수 있었다.

비공기의 덮개를 열고 아리를 품에 안고 내린 후에 한쪽에 있는 간이 침대에 뉘였다.

― 후우, 미안해 아리. 하지만 기다려야 할 것 같아. 현무가 올 때까지 견뎌야 하니까 힘을 좀 내.

아리의 손을 꼭 잡고 내 염원을 전했다.

"일단 내가 가진 능력부터 회복해야 한다."

북경에 깔려 있을 S급 진성능력자 때문에 만약을 생각해서 현무와는 통신을 하지 않기로 했다.

현무가 도착하기 전에 무슨 일이 발생할지 모르기에 준비를 하기 위해 다시 아공간을 열었다.

포션과 무기 그리고 자잘한 것들을 다 꺼냈다.

그러다가 타클라마칸에서 발견한 것들을 넣어 둔 백팩을 발견했다.

"혹시!"

타클라마칸에서 작전을 펼치는 와중에 발견한 것들은 고대에 사용한 무구들이었다.

유물은 팔을 보호하는 것으로 보이는 두 쌍의 무구와 다리를 보호하는 두 쌍의 각반, 그리고 금강저로 보이는 것이 다섯 개다.

그동안 유물들을 몇 번 살펴본 적이 있었다.

시바신의 부조 밑에 있단 제단이 부서지며 발견한 것들이라서 평범할 리 없는데 심연의 심안으로 아무리 살펴봐도 특이점을 찾을 수 없었다.

그런데도 관심이 가는 것은 말로는 표현할 수 없는 어떤 예감 때문이었다.

그동안은 발견하지 못했지만 2차 각성을 위해 '그곳'에 가지 않아도 진성능력자로 각성할 수 있는 유물일지도 몰라서 다시 살펴보기로 했다.

"으음."

백팩을 열고 유물을 꺼내 보니 지난번에 봤을 때와는 완전히 달라져 있었다.

마지막으로 봤을 때와는 달리 마치 새것처럼 세월의 흔적이 전혀 묻어나지 않은 모습이다.

"왜 이런 변화가 일어난 거지?"

유물의 변화에는 원인이 있어야 하지만 심안을 전개할 수 없어서 전혀 알 수가 없었다.

그렇다고 귀속형 유물을 얻었을 때 느껴진다는 특별한 느낌이 들지도 않았다.

"이것들에 대해서는 아직 아무것도 모르니 일단 아공간에 넣어 두자."

아무리 봐도 진성능력자로 이끄는 것 같지는 않았기에 유물의 변화가 꺼림칙해서 백팩에 도로 넣고는 아공간에 집어넣었다.

유물을 비롯해 당장 필요 없는 것들을 모두 아공간에 넣고 닫는 순간, 현무의 실루엣이 창고 안에 나타났다.

'현무와 연결을 할 수 없다.'

뭔가 뇌리를 두드리는 것이 느껴졌지만 심안이 열리지 않아서 그런지 현무가 뭐라고 하는지 전혀 알 수가 없다.

— 마스터! 어떻게 된 일입니까?

잠시 뒤에 창문이 내려지며 화가 난 것 같은 목소리가 스피커를 통해 흘러나왔다.

"아리가 다쳐서 위중하다."

— 어, 어서 서브 마스터를 운전석에 태우십시오.

"아, 알았다."

다급한 것 같은 스피커 소리에 아리를 간이침대에서 안고와 차문을 열고 운전석에 앉혔다.

— 어서 닫으십시오.

현무가 무엇을 하려지 모르지만 급한 것 같아 얼른 차문을 닫았다.

스르르.

문이 닫히자 창문이 올라갔고, 안이 들여다보이는 창이 까맣게 변하면서 아무것도 보이지 않게 되었다.

"지금 뭐하는 거냐?"

— ……

궁금증에 물어봤지만 현무는 아무런 대답도 하지 않았다.

"지금 뭐하는 거냐니까?"

— 치료 중입니다. 서브 마스터를 죽이고 싶으신 겁니까? 집중할 수 있도록 조용히 하십시오.

화가 나 소리를 지르자 단호한 소리가 스피커를 통해 흘러나
왔다.

'휴우, 내가 마스터가 맞기나 한 것인지 모르겠군.'

궁금해 미칠 것 같았지만 화가 몹시 난 것 같은 현무의 소리
에 입을 열 수가 없었다.

현무가 말을 걸어 올 때까지 기다려야 했기에 차문에 시선을
둔 채 초조하게 지켜봐야만 했다.

그렇게 시간이 흘러 거의 하루가 지났을 무렵, 드디어 현무의
목소리가 들려왔다.

― 응급 치료는 했지만 서브 마스터의 상태가 무척이나 좋지
않습니다. 본격적으로 치료를 시작하려면 제작자의 연구실로
가야합니다.

"아리의 스승님의 연구실에 말이냐? 연구실에 가면 아리가
무사할 수 있는 거냐?"

― 그렇습니다.

"그곳이 어디냐?"

― 제작자의 연구실이 어디인지 알 수 있는 권한이 아직 마스
터에게는 없습니다.

"그게 무슨 소리냐?"

― 지금 하신 질문의 대답도 마스터께는 제한이 걸려 있습
니다.

"제기랄! 미치겠군. 좋아, 그러면 아리를 치료하는 데 얼마나 걸리는 거냐?"

화가 나지만 꾹 참고 물었다.

— 지금 상태로 봐서는 최소 오 년은 걸릴 것으로 예상이 됩니다.

"오, 오 년?? 그렇게 오래 걸린다는 말이냐?"

정말이지 긴 시간이었기에 반문하지 않을 수 없었다.

— 지금 서브 마스터의 상태는 죽음을 가까이 두었다고 해도 과언이 아닐 정도로 엉망입니다. 신체를 완전히 복구하는데 최소 이 년이 걸릴 것 같고, 다시는 이런 일이 없도록 능력을 향상시키려면 제작자가 남긴 매뉴얼에 따라 훈련을 받아야 합니다.

"치료가 끝난 후에 훈련을 받아야 하고, 그 기간이 삼 년이나 걸린 다는 거냐?"

— 그렇습니다.

"그냥 치료만 하면 되잖아."

— 본질에 금이 간 상태라 제작자가 남긴 지침에 따라야 하니 그건 절대 안 됩니다. 마스터께서는 제작자의 방침을 준수해 주십시오.

"그러니까 무조건 오 년을 그 연구실인가 하는 곳에 있어야 한다는 거냐?"

— 그렇습니다. 이건 제작자가 만든 절대지침이라서 마스터라도 관여할 수 없는 것입니다.

"후우!"

화가 나는 것을 참기 위해 숨을 크게 쉬었다.

"알았다. 그럼 오 년 후에는 아리를 볼 수 있는 거냐?"

— 제 자아에 걸고 확실히 오 년 후에는 서브 마스터를 만나실 수 있을 겁니다, 마스터!

'내가 생각한 대로군.'

아리는 완성된 S급 진성능력자가 아니었다.

아리가 다중의 멀티 능력을 가지고 있어 중급에 달하기는 하지만 완벽하게 연계하지 못한다는 것을 알고 있었다.

아리의 스승이 죽은 것과 드미트리를 찾기 위해 수련을 하지 못한 것이 분명하다.

아무래도 현무는 이번 기회에 아리를 완벽하게 가다듬으려 하는 것이 분명하다.

이것으로 확실해 졌다.

현무는 내가 아니라 아리를 위해 만들어진 존재가 분명했다.

'김오 박사가 살아 있었다면 현무를 예전에 만났을 테고, 아리의 능력도 완성되었을 테지.'

현무의 제작자인 아리의 스승이 쓸데없는 지침을 만들지는 않았을 것이기에 어쩔 수 없이 승낙을 해야 했다.

"알았다. 아리를 치료하도록 해라."

— 그럼 나중에 뵙겠습니다, 마스터!

스르르르르.

연구실로 이동하려는 것인지 현무의 동체가 창고 안에서 사라졌다.

미칠 것 같은 적막감이 창고 안에 맴돌았다.

창고 안에는 여기저기 금이 간 비공기와 아무 것도 할 수 없는 나만이 남아 있었다.

"마스터는 개뿔!!"

화가 머리끝까지 치밀어 올랐지만 텅 빈 창고 안에는 화풀이 할 상대도 없다.

— 접속 해제.

스킨 패널을 열어 전투 슈트와의 접속을 해제 했다.

심안과의 연계만 되지 않을 뿐 정상적으로 해제가 되며 전투 슈트가 몸에서 사라졌다.

"심안이 연계되지 않으니 아르고스를 제대로 이용하지는 못하겠지만 일단 들어온 정보들부터 확인해 보자. 아리를 잃은 것이나 마찬가지인 상황이 된 이상 그냥 있을 수는 없으니 말이다."

뭐라도 하기 위해서는 안가로 돌아가야 했다.

비공기를 살펴보니 엉망이었다.

후미는 권강에 맞은 탓인지 움푹 들어가 있었고, 여기저기 금이 간 상태였다.

여기까지 비행을 해온 것이 용했다.

자동 복구 기능이 있다고는 하지만 복구하는데 상당한 시간이 걸릴 것 같다.

"어쩔 수 없이 비공기는 이대로 놔둬야겠군."

비행 이외는 다른 기능을 사용하지 못하는 상태라 어쩔 수 없이 창고에 보관해야 할 것 같다.

"이대로 나가자. 대중교통을 타면 되니까."

어느 정도 날이 밝을 시간이라 곧바로 창고를 나섰다.

'으음, 북경에 그런 사건이 났는데도 구경하러 오는 관광객이 있군.'

이른 아침부터 만리장성을 구경하기 위해 관광버스를 타고 온 관광객들이 보인다.

시끄럽게 대화하고 있는 관광객들을 지나치며 정류장이 있는 곳으로 걸어갔다.

지하철까지 연결되는 877번 버스를 탔다.

그러고는 시내로 들어가 버스에서 내려 지하철을 탄 후 중관춘으로 향했다.

'분위기가 어수선하군.'

군인들이 지하철 역을 통제하고 있었지만 검문검색을 하지 않고 있었기에 태연하게 밖으로 나와 안가가 있는 빌딩으로 향했다.

'능력자들이 쫙 깔린 것 같구나.'

능력자들에게서 알게 모르게 흘러나오는 에너지로 인해 일반인들이 위축되어 있었다.

심안을 펼치지는 못해 자세히 알 수는 없지만 역시나 중관춘 일대의 분위기가 심상치 않다.

'군인들이 돌아다니기는 하지만 검문검색은 하지 않는군. 빌딩 안으로 들어가는 데는 문제가 없겠다.'

순찰하는 군인을 지나쳐 거리를 가로지른 후에 빌딩 안으로 들어갔다.

로비를 지나 전용 엘리베이터를 탄 후 내 개인 공간으로 갈 수 있었다.

"생체정보 및 음성 인식! 아르고스 가동!"

내 의지를 이용해 원하는 곳을 볼 수는 없지만 곧바로 연구실로 가서 아르고스를 가동시켰다.

정보의 진위 여부나 대상을 직접 확인하지는 못하지만 분석하는 것에는 문제가 없기 때문이다.

레드섹션을 열어 별도의 장치를 통해 정보를 올린 후 분석 작업에 들어갔다.

"정보 열람! 분류된 체계를 기초로 연관 관계를 분석해라. 연결점을 찾으면 화면에 띄우도록!"

화면이 빠르게 전환하며 정보들이 떠올랐다.

의미 없는 것들은 빼버리고, 의미 있는 것들은 따로 분류해 보관을 했다.

틈틈이 음식을 섭취하며 잠을 자지 않은 채 그렇게 꼬박 이틀을 분석에 매달렸다.

"후우, 끝났군."

연결고리를 추적하며 지구대차원과 연결이 되지 않은 다른 차원을 연결하는 게이트를 열려는 자들의 전체적인 움직임이 어느 정도 파악이 됐다.

"아주 오래전부터 계획적으로 움직여 왔던 것이 분명하다."

지금까지 파악한 것으로 봤을 때 어느 한 집단이 독단으로 벌인 일이 아니었다.

다른 대차원과 연결하는 게이트를 활성화하는데 힘이 있는 집단은 모두 관여가 되어 있었다.

중국 정부는 물론이고, 여러 개의 기업과 흑사회, 그리고 진성능력자들까지 모두 연관되어 있었다.

중국의 모든 권력 집단이 나서서 게이트를 활성화하는 이유는 다른 나라처럼 교류나 자원 같은 것을 얻기 위해서가 아니다.

바로 고위급 진성능력자의 확보다.

"놈들이 이러는 이유는 단 하나뿐이겠지……."

중화제일(中華第一)!

중국이 표방하는 대국으로서의 자존감은 이미 한중전쟁의 패배로 금이 간 상태다.

대국으로서의 자존심을 되찾고 잃어버린 땅을 회복하기 위해서는 대한민국과의 전면전에서의 승리가 반드시 선행되어야 한다.

하지만 거대한 인구와는 달리 진성능력자의 전력 면에서 밀리는 상황이라 이기기 위해서는 다수 고위급 진성능력자가 필요하다.

"다른 대차원과 게이트가 발산하는 에너지를 이용해 능력자를 만들어내고 있는 것이 분명하다. 죽은 자도 더미에게 장기를 이식해 능력을 보존하는 것을 보면, 이런 일들이 장기적인 계획하에 아주 오래 전부터 은밀히 진행이 되어 왔다는 뜻인데……. 센터를 무력화시키려는 놈들의 시도는 아마 이런 음모를 감추기 위해 그런 것이었나?"

생각을 하다 보니 내부에 존재하는 제5열도 그렇고, 센터에 외부의 입김이 작용하고 있는 것을 보면 중국에서 전방위로 손을 쓰고 있을지도 모른 다는 생각이 들었다.

"으으음, 알파 내에 배신자가 생기고 정보가 유출된 것을 보면 분명하다."

센터를 무력화시키려고 하는 것도 그렇고, 이번에 북경에서 벌어지는 일로 볼 때 전쟁을 위한 준비가 차곡차곡 진행되는 것이 틀림없다.

이제는 센터만의 문제가 아니게 되었다.

전쟁이 발발하면 무고한 생명이 무수히 죽어나갈 테니까 말이다.

"일단 어딘 가에 틈이 있을 테니 찾아보자."

놈들의 의도를 무너트릴 틈을 찾기 위해 정보를 다시 분석해 봐야 할 것 같다.

아무리 거대한 둑도 작은 구멍 하나로 무너트릴 수 있으니까 말이다.

"후우!"

티엔샤 바이오가 무너진 주변으로 쳐진 거대한 장막을 보니 한숨이 저절로 나온다.

분석은 모두 끝이 났지만 놈들을 헤집을 작은 틈 하나를 발견할 수 없어서다.

"심안은 아직도 불통이고……."

심연의 심안은 아직도 깨어날 기미를 보이지 않고 있다.

그나마 다행스러운 것은 내 본질이 가져온 능력이 사라지지 않았다는 것뿐이다.

내 본질이 사라졌다면 이렇게 살아 있을 수 없으니 그건 확실하다.

"그나저나 아리는 어떤지 모르겠군."

현무로부터도 연락이 아예 없다.

몇 번 통신을 시도했지만 연락이 아예 두절된 상태다.

마스터라고 하지만 허수아비나 진배없다.

"오늘도 잔해를 실어 나르는군."

티엔샤 바이오가 있던 건물이 무너지고 장막이 쳐진 지 일주일이 다 되었음에도 잔해는 아직 다 치워지지 않았다.

장막 한쪽에 마련된 통로를 통해 잔해를 실어 나르는 트럭들이 지나다닌다.

"도로 하나를 완전히 통제하고 잔해를 실어 나를 만큼 많은 양이 아닌 것으로 아는데……."

자세히 살펴보니 들어갔던 빈 트럭들이 잔해를 싣고 나오는데 상당한 시간이 걸리는 것 같다.

"으음. 확인을 해 볼 필요가 있다."

지하에 있던 것들이 어떻게 됐는지 확인하기 위해서라도 최대한 빨리 치우는 것이 정상이다.

급한 상황에서도 시간을 늦다는 것은 트럭에 모종의 조치를 취한 후 반출한다는 것이기에 확인이 필요했다.

생활공간으로 가서 샤워를 하고 덥수룩하게 자란 수염을 깎았다.

속옷을 입고 욕실을 나와 드레스 룸으로 가서 옷을 맞춰 입었다.

중관춘에서 창업 초기 벤처 기업에 투자하는 개인 투자자로 알려져 있기에 입고 있는 옷과 차고 있는 시계들은 모두가 명품이다.

옛날의 한국처럼 중국인들도 사람의 외양을 중시하니 이렇게 차려 입은 것이다.

큰 덩치와 각진 얼굴로 인해 미남이라고는 할 수 없지만 차려 입으니 제법 폼이 났다.

몇 가지 준비를 한 후에 엘리베이터를 타고 지하 주차장으로 내려갔다.

차고 형태로 만들어진 내 전용 주차 공간에는 세 대의 차가 나란히 주차되어 있었는데, 그중에서 람보르기니에 올라탔다.

삑!

부르르릉!

스타트 버튼을 누르자 시동이 걸리고 차고 문이 열렸기에 부드럽게 엑셀레이터를 밟았다.

지금 내가 차를 몰고 가고 있는 곳은 중관춘 일대의 기업들을 지원해 주는 창업 공사다.

창업 인큐베이터 공간을 제공해 주는 정부 기관으로, 창업자와 엔젤 투자자를 주선해 주는 일도 하는 곳이다.

준정부기관이기는 하지만 사장으로 있는 호장민이라는 자가 워낙 권력과 밀접한 위치에 있는 자라서 그 위세가 아주 막강한 곳이다.

내가 창업 공사로 가는 이유는, 트럭 통행을 위해 통제하는 도로에 중관춘 창업 공사가 접해 있기 때문이다.

내가 세운 작전을 위해서는 트럭과 어느 정도 접점이 있어야 했다.

시간을 잘 맞춘다면 트럭이 이동하는 시간에 필요한 것을 설치할 수 있을 것이다.

'될 수 있으면 오늘 끝내는 것이 좋다.'

잔해를 치우는 작업이 언제 중단될지 모르는 일이다.

'그리고 다른 것도……'

트럭에 실은 잔해들이 뭔지 알아봐야 했기에 세운 작전이기는 하지만 목적이 하나만 있는 것이 아니다.

심안을 확인하기 위한 작전이기도 하기에 시간을 잘 맞추어야 한다.

'응? 검문소라……. 이거 차질이 생길지도 모르겠군. 하지만 아직 시간이 있으니까.'

도로를 우회해 창업 공사로 가는 도로로 접어드니 검문소가 보인다.

통제 도로로 접근하는 길목이라서 만들어진 검문소였다.

검문소에 쳐진 바리게이트 앞에는 소총을 든 공안들이 지키고 서 있다.

차를 몰고 전진을 하자 손으로 정지 신호를 보내기에 검문소 앞에 멈춰 섰다.

"어디 가십니까?"

중국의 공안은 그야말로 무소불위의 권력을 가지고 있다고 해도 과언이 아니다.

그럼에도 이렇게 정중히 묻는 것은 내 차와 옷차림 때문일 것이다.

"창업 공사에 갑니다만."

"창업 공사에는 무슨 일로 가시는 겁니까?"

날카로운 눈빛으로 차와 나를 살피며 딱딱한 목소리로 묻는다.

"투자 문제로 가는 중입니다."

"이름을 말해 주시겠습니까?"

"주환이라고 하오."

이름을 말해 주니 옆구리에 끼고 있던 무슨 명단 같은 걸 확인한다.

명단을 확인한 공안이 고개를 흔들자 옆에 있는 자들이 소총을 겨눈다.

"방문자 명단에 주환이라는 이름은 없는데 어떻게 된 겁니까?"

"이상하군요. 한 번도 이런 적이 없었는데. 방문자 명단이 공사에서 별도로 내려오기라도 하는 겁니까?"

"그렇습니다만."

공안이 긴장한 굳은 얼굴로 대답을 한다.

"별일이 다 있군. 잠시만 기다리시오. 호 사장한테 전화를 해봐야 할 것 같으니."

내 말에 공안의 눈썹이 찡그려 진다.

그러거나 말거나 스마트폰을 열어 저장되어 있는 번호를 눌렀다.

— 여보세요.

"아! 호 사장님! 저 주환입니다."

— 주환 사장님, 오랜만입니다. 그런데 무슨 일로 전화를 다 주신 겁니까?

"신규 투자자를 모집해 보려고 공사로 가려고 하는데 공안들이 출입자 명단에 제가 없다고 해서 말이죠."

— 혹시, 지금 계시는 곳이 검문소입니까?

"예, 공안들이 지키고 있습니다."

— 이런, 주 사장님께 불편을 끼쳐드린 것 같군요. 곧바로 조치를 취할 테니 잠시만 기다리십시오.

"그럼 부탁드리겠습니다."

호장민과의 대화를 끝내고 스마트폰을 닫았다.

"누구에게 전화를 건 겁니까?"

내 통화를 들었는지 조금 당황한 공안이 묻는다.

"누구긴 누구겠습니까? 중관춘 창업 공사 사장이신 호장민 사장이지."

"예? 그게 무슨……."

따리리리!

공안의 반문이 끝나기 전에 검문소에 설치된 전화기가 울렸다.

공안 중 하나가 전화를 받았다.

전화 통화를 한 공안의 얼굴이 굳어지더니 곧바로 손짓을 해 나를 검문하고 있는 자를 불렀다.

명단을 든 자가 검문소 쪽으로 갔고, 다른 공안들은 경계를 풀지 않았다.

"누구십니까?"

— 창업 공사의 등시원 주임입니다. 지금 검문소에 창투 사장님께서 와계실 겁니다. 주환이라는 이름을 쓰시는 분이니 최대한 정중히 통과시켜 주시면 고맙겠습니다. 저희 사장님 손님이시니 말입니다.

"알겠습니다."

도로에 만들어진 검문소라 소음이 많아서인지 수신기의 볼륨을 높게 해놓은 탓에 흘러나오는 소리가 나에게까지 들렸다.

전화를 끊은 공안이 나에게 다가왔다.

"죄송하게 됐습니다. 어서 들어가십시오."

"고맙습니다."

검색도 하지 않고 바로 통과시켜 주기에 천천히 차를 몰고 창업 공사 쪽으로 갔다.

호장민은 국가 최고 권력자인 주석의 오른팔이라고 할 수 있는 자의 아들이다.

원칙대로 검문검색을 했다가는 괜히 경을 칠지도 모르기에 알아서 통과시켜 준 것 같다.

"진짜야?"

"그런 것 같다. 매일 아침 출입자 명단을 전해주는 등시원 주임이 정중히 통과시켜 달란다."

"총을 들이댔다고 기분이 나빠하지 않았을까?"

"그 정도로 쓰레기는 아닌 것 같으니 보복 같은 것은 안심해도 될 것 같다."

"휴우, 다행이다."

공안들의 말소리가 들려왔지만 귀담아 듣지 않았다.

저들이 무슨 뜻으로 대화를 하는지 알고 있으니 말이다.

창업 공사로 들어가기 위해서는 일단 통제된 도로로 접어들어야 한다.

그쪽에 주 출입구가 있어서다.

'마침 오는군.'

출입구 쪽으로 천천히 진입을 하려는데 트럭이 오는 것이 좌측 창문 밖으로 보였다.

트럭이 차 앞을 지나치는 순간에 운전석 앞에 달린 패널 위의 버튼을 조심스럽게 눌렀다.

푸슉!

람보르기니에서 날아간 탐지 장치가 트럭에 달라붙는 것을 패널을 통해 확인할 수 있었다.

'잘 끝났군.'

트럭이 지나간 후 도로로 진입해 창업 공사를 출입구로 향했다.

지하로 내려가 주차장에 차를 댄 후 엘리베이터를 타고 호장민의 집무실이 있는 8층으로 올라갔다.

8층에는 여러 개의 사무실이 있는데, 그중 8호실이 바로 사장실이었다.

사장실 앞에는 호장민의 비서가 문 앞까지 나와 나를 기다리고 있었다.

'호장민의 애첩이라고 했던가?'

기다리고 있는 여비서의 이름은 창민민이다.

북경대학교를 나온 재원이면서 호화로운 생활을 위해 호장민의 첩 노릇도 마다하지 않는 터라 예전부터 별로 마음에 들지 않는 여자다.

"근 반년 만이시네요. 주 사장님."

"하하하, 벌써 그렇게 시간이 지났나요? 바쁘게 지내는 터라 시간이 가는 줄도 몰랐네요. 그나저나 갈수록 예뻐지시는 것 같습니다."

"별말씀을! 사장님께서 기다리시니 들어가시죠."

"그러죠."

창민민의 안내를 받아 비서실을 지나 호장님의 사무실로 들어섰다.

"어서 오십시오. 주 사장님. 그동안 너무 적조했습니다."

"그러게요. 좀 바쁘게 지내다 보니 오랜만에 뵙는 것 같습니다. 하하하!"

"하하하! 자, 앉으시죠."

넉살 좋은 호장민의 권유에 탁자를 사이에 두고 푹신한 소파에 앉았다.

"검문소도 그렇고 로비에도 공안이 경비를 하는 것 같던데, 괜찮으신 겁니까?"

"저야 뭐 별일 있나요. 티엔샤 바이오 사건을 조사하느라 공안에 사무실을 몇 개 내 줘서 그러는 것이니 주 사장님께서 이해하십시오."

'역시, 만만치 않군. 이곳 창업 공사 말고도 다른 정부 기관에서 극비리에 일을 하고 있는 것 같은데 말이야……'

자연스럽게 말을 돌리며 관심을 멀어지게 하는 것이 분명 티엔샤 바이오와 관련된 일을 하는 것이 분명했다.

그동안 호장민을 살펴 본 바로는 젊은 나이답지 않게 상당한 자였다.

어려서부터 천재로 소문난 자로, 22세에 북경 대학교를 수석으로 졸업하고, 군에 자진 입대하여 7년간 복무한 후 대한민국의 중령에 해당하는 중교로 예편했다.

군에서 대대급에 해당하는 부대를 이끌었다는 뜻이지만 그에 관한 정보가 알려진 바 없는 것을 보면 특수부대를 이끌었던 것으로 판단이 된다.

더군다나 중국 국가권력의 핵심 중 하나인 부주석 호태용의

아들이도 한 호장민이다.

　그런 그가 창업 공사의 일개 사장이라는 것은 말이 되지 않는 소리였다.

제 6 장

그동안 조사한 것을 바탕으로 여러 가지를 종합해 볼 때 호장
민은 정보 분야에 몸을 담고 있는 자가 분명하다.

　　'심안을 사용하지 못하는 것이 아쉽군.'

　　티엔샤 바이오와 관련해서 호장민으로부터 더 이상의 정보를
얻지 못한다는 것이 아쉽기는 하지만 눈치가 빠른 자이니 더 이
상 캐는 것도 곤란했다.

　　"그렇군요. 다 나라에서 하는 일인데 협조를 해야죠."

　　"맞습니다. 그래도 주 사장님 같은 분들이 많이 계셔서 창업
공시는 잘 돌아가고 있습니다."

　　"하하하! 역시, 호 사장님 이시군요. 티엔샤 바이오 건물이

무너진 일로 인해 어수선할 텐데 말입니다."

"하하하, 창업 공사가 바삐 돌아가야 인재들이 기업을 일으키는데 도움이 되니 열심히 움직여야지요."

"이렇게 열정적인 호 사장님 때문에 제가 이곳에 오는 것이 즐겁습니다."

"하하하! 저 때문이라니 기분이 좋습니다, 주 사장님! 그런데 오늘은 무슨 바람이 불어서 이렇게 오신 겁니까?"

마지막으로 봤을 때 아이디어 구상 차 중국 전역을 여행한다고 했었는데, 그걸 기억하고 있었던 모양이다.

"하하하, 그동안 여행을 하면서 여러 가지 생각이 많았습니다. 제가 생각한 것도 있기는 하지만 호 사장님께 투자할 만한 아이디어를 가진 예비 창업자를 추천 받는 것도 좋을 것 같아서 이렇게 찾아왔습니다."

"호오! 그렇습니까? 제가 추천을 해드리는 것도 좋지만 여행을 하시면서 어떤 분야에 확신이 꽂히신 겁니까?"

"제 생각이야 별거 있나요 구체적이지는 않지만 앞으로 차원 교류를 통해 얻은 지식들을 이용하는 산업 분야가 클 것으로 예상을 하고 있습니다. 하지만 당장은 어떤 분야가 좋은 지 잘 몰라서 이렇게 호 사장님께 추천을 받을까 해서 찾아온 겁니다."

"안목이 좋으시군요. 그런데 얼마를 투자하실 생각이십니까?"

"많이는 못합니다. 이것저것 정리를 해서 큰 거로 석 장 정도 투자할 수 있을 것 같습니다."

"큰 거로 석 장이시면……."

"3,000만 달러 정도 투자할 수 있을 것 같습니다."

"그렇게 많이요?"

차원 교류 강국이 되었기에 미국 달러화의 가치가 대변혁 이후로 엄청 올라갔다.

대변혁 이전이라면 거의 3억 달러에 가까운 돈이기에 호장민이 놀라며 물었다.

"모험이기는 하지만 차원 교류와 관련한 산업 분야가 급속도로 성장할 것이라는 확신이 서서 말입니다."

"주 사장님, 너무 무리하시는 것 아닙니까? 제가 추천하기는 했지만 창투에 입주한 기업들도 성과가 아직 나지 않은 걸로 알고 있는데 말입니다."

유망한 아이디어를 소개해 주는 대가로 호장민에게 리베이트로 10퍼센트를 줘야하니 총 3,300만달러를 투자하겠다는 뜻이었다.

이런 소개료 말고도 매달 5만 달러가 호장민에게 들어가고 있는 중이다.

내가 언제나 호의로 대하고, 용돈까지 두둑하게 챙겨주니 걱정이 되는 모양이다.

"호 사장님이 소개해 주신 창업자들인 만큼 조만간 성과가 날 것으로 알고 있습니다. 그리고 투자라는 것이 손해가 날 때도 있는 것이 아니겠습니까? 하하하!"

"역시, 배포가 크시군요. 으음, 그렇다면……."

뭔가 생각을 하던 호장민이 인터폰을 집어 들었다.

"민민, 사흘 전에 뽑아 놨던 창업계획서 좀 가져와."

호장민이 수화기를 놓기 무섭게 여비서가 서류 파일을 들고 들어왔다.

"여기 있습니다, 사장님."

"고마워."

민민이 고개를 가볍게 숙여 보인 후 사무실을 나가자 호장민이 파일을 펼쳤다.

"이건 뭡니까?"

"중앙 정부에서 관심을 갖는 아이디어들입니다. 창업계획서를 낸 사람들도 정말 특별한 인재들이죠."

"호오, 그렇습니까?"

"한 번 살펴보세요."

호장민의 말에 창업계획서들을 살폈다.

창업계획서는 모두 세 건이었는데, 하나는 새로운 차원의 합금에 관한 것이었고, 나머지 두 가지는 마법 공학과 관련한 것이었는데 무척이나 흥미로웠다.

'어째서 이런 것들을 내게 보여 주는 거지?'

홍미롭기는 하지만 창업계획서대로 개발에 성공을 한다면 하나하나가 전략 물자나 다름없는 것들이라 개인적인 투자가 가능한지 의문이 아닐 수 없었다.

"계획서이기는 하지만 아주 좋은 건들 같은데, 제가 투자할 수 있는 겁니까?"

"하하하, 주 사장님은 특별히 가능합니다."

"으음."

"투자를 받을 곳에 대해서 얼마 전에 실사가 있었습니다. 창업 인큐베이터를 가지고 있는 투자사 중에 세 군데로 압축이 되었지만, 사실 주 사장님의 창투는 엔젤리나와 함께 공동 2위였습니다."

"제가 공동 2위라면 첫 번째는 어디였습니까?"

"첫 번째는 티엔샤 바이오였는데, 아시다시피 완전히 무너진 터라 이들을 입주시키기는 어려워졌고, 공동 2위중에서 골라야 했지요."

"제가 이런 말씀을 하시는 것을 보면 결정 권한이 호 사장님께 있는 것이군요?"

"하하하, 잘 아시는군요. 저는 주 사장님께 이 건들을 맡기고 싶습니다. 큰 거 석장을 준비하셨다고 하니 각각 한 장씩이면 될 겁니다. 그리고 주 사장님께 돌아갈 지분율은 삼십 퍼센트 정도가 될 겁니다."

"하하하, 이건 뭐 생각할 필요도 없군요. 호 사장님이 맡겨만 주신다면 투자한 이후에도 최대한 지원을 하겠습니다."

"지분을 제공하지도 않는데 별도로 지원 투자까지 해주시겠다는 말씀입니까?"

"그렇습니다."

"역시, 화끈하시군요. 그동안 주 사장님이 지속적으로 투자해 주신 덕분에 아버지에게 칭찬을 많이 들었습니다. 앞으로도 잘 부탁드리겠습니다."

내가 한 투자로 인해 호장민의 투자 유치 실적이 전국에서 최고가 됐다고 알고 있다.

덕분에 부주석인 아버지로부터 신임을 얻은 모양이다.

"알겠습니다. 최선을 다해 보지요."

세 기업이 창투에서 창업을 하는 것은 나에게도 좋은 기회였기에 투자를 하기로 하고, 창업자를 대신해 위임을 받은 호장민과 곧바로 투자 양해 각서를 체결했다.

각각 1,000만 달러에 지분이 30%비율이었다.

양해 각서를 작성하면서 알게 되었지만 북경군구도 투자처였는데, 나와 똑같이 창업자 한 명당 1,000만 달러를 투자하기로 되어 있었다.

하지만 지분 비율은 나와 많이 달랐는데, 북경군구가 40퍼센트를 가져가게 되어 있었다.

그리고 창업자들에게는 기술의 대가로 지분이 30퍼센트를 가게 되어 있었다.

'전략물자의 수요처는 한정이 되어 있으니까 지분율을 높게 잡아 준 것이로군.'

조금 불평등한 것 같기는 하지만 개발이 완료된 후 10년 동안은 공급할 수 있는 곳이 북경군구 뿐이라 나에게 30퍼센트를 쳐준 것만 해도 상당한 혜택이었다.

'후후후, 뜻하지 않게 행운이 굴러 들어왔군. 폐쇄적인 사회 분위기 때문에 외국으로 떠나는 이들이 많기는 하지만 역시 중국에는 천재가 많아.'

세 명의 창업자에 대한 정보는 이미 가지고 있다.

모두가 정부기관 연구소 소속이었고, 어느 정도 연구를 진행시킨 상태에서 최종 단계만 남겨 놓은 채 기업을 설립하는 것이 분명했다.

무려 전략물자에 대한 계획이었고, 공정은 나와 있지 않지만 성공 확률이 무척 높아 보였다.

그렇지 않았다면 북경군구에서 주도적으로 관여하지 않았을 테니 말이다.

'후후후, 이자들이 연구한 것들은 전부 내가 가진다.'

창투 내에 입주하게 되면 별도의 보안 시설을 갖출 테지만 나야 아르고스로 개발 과정에서 일어나는 모든 것들을 알 수가 있다.

개발과 관련된 정보를 모두 빼낼 수 있으니 지분을 십 퍼센트를 줘도 상관은 없다.

더 큰 것을 얻으니 말이다.

호장민과 양해 각서를 체결하자마자 3,000만 달러를 곧바로 창업 공사 계좌로 이체시켰다.

그리고 호장민에게도 리베이트로 300만 달러를 그의 비밀 계좌로 이체했다.

띠링!

스마트폰에서 나오는 발신음에 화면을 들여다 본 호장민이 환하게 웃는다.

"하하하, 이거 주 사장님은 역시 화통하십니다."

"하하하, 별말씀을! 덕분에 좋은 투자처를 찾았으니 당연한 일입니다."

"오늘 제가 좋은 인연을 이어준 것 같은데 어디 좋은 곳으로 가서 한잔하실까요?"

"저야 좋죠. 오늘 같이 기분 좋은 날 한잔 마셔야죠."

"그럼 나가시죠."

호장민과 함께 곧바로 그의 사무실을 나섰다.

운전기사가 모는 차를 타고 호장민과 함께 간 곳은 특정 계층만 출입할 수 있는 술집이었다.

'상춘대라……. 정부 요직에 있거나, 상류층에 있는 자들만 출입할 수 있는 곳인데…….'

전에 함께 마셨던 곳과는 아예 차원이 다른 곳이라 호장민이 나를 대하는 태도가 달라졌다는 것을 느낄 수 있었다.

상춘대 안으로 들어가 호화로운 방으로 안내가 되었다.

두주불사인 호장민과 함께 여러 가지 요리들과 함께 중국의 명주인 마오타이를 원 없이 마실 수 있었다.

첩을 가지고 있는 호장민이지만 보기와는 달리 술을 마실 때는 여자를 가까이 하지 않는 자다.

방 안에는 나와 호장민뿐이었지만 술자리가 나쁘지는 않았다.

신변잡기와 관심사에 대해 이야기를 나누며 어느 정도 취기가 오르자 호장민이 호형호제를 제안했고, 나는 그의 제의를 승낙했다.

그 이후에는 불쾌하게 취할 정도로 술을 마셨고, 저녁 8시쯤 돼서 다음에 다시 한 번 만나기로 약속을 하고는 술자리를 파했다.

상춘대를 나서자 차 두 대가 대기하고 있었는데 하나는 호장민의 차였고, 다른 하나는 내 차였다.

술자리가 시작되기 전에 호장민의 기사가 차 키를 달라고 하더니 창업 공사로 가서 가지고 온 모양이었다.

"이거 많이 취하는군. 오늘 동생을 만나 기분이 좋았던 모양이야."

"그러게 말입니다. 오랜만에 마음을 터놓고 마셨더니 저도 많이 취한 것 같습니다."

"하하하, 나는 이만 들어갈 테니 동생도 어서 들어가게."

"조심해서 들어가십시오, 형님."

기사의 부축을 받으며 차에 올라타는 호장민에게 고개를 90도로 숙이며 인사를 했다.

손을 흔드는 것이 얼핏 보였지만 차가 멀리 떨어질 때까지 고개를 들지 않았다.

'이 짓도 힘들군.'

호장민은 자부심이 강한 자다.

오랜 시간 동안 권력의 중심에 선 가문의 후계자로서 선민사상이 몸에 배인 자다.

호형호제하기로 했다고는 하지만 그건 내게 보이는 일시적인 호의일 뿐이니 이 정도 인사치레는 해주어야 한다.

"으음, 취하는군."

차가 완전히 떠난 것을 고개를 들어 확인하고 일부러 몸을 비틀거렸다.

상춘대에 소속된 전속 기사가 나를 부축했다.

"이런, 많이 취하신 것 같습니다. 주 사장님. 어서 차에 타시지요."

"내가 사는 곳이 어딘지 압니까?"

"모실 곳이 중관춘에 있는 창투라고 들었습니다."

"갑시다."

호장민의 기사가 내가 머물고 있는 곳을 알려준 것이 분명하기에 차에 올라탔다.

차에 올라탄 후 취기가 몰리는 듯 고개를 꾸벅이며 조는 척을 했다.

감시를 하고 있는 눈이 계속 따라오고 있는 느낌을 받았기 때문이다.

호장민이 떠나는 모습을 보며 과도하게 인사를 한 것도 이 싸늘한 이 느낌 때문이었다.

'아무래도 오늘은 다른 곳에서 자야겠군.'

감시자가 누군지 모르지만 안가로는 들어갈 수 없을 것 같다.

옥상에 위장용으로 만들어 둔 맨션이 있으니 오늘은 그곳으로 가서 자는 것이 좋을 것 같다.

"사장님."

얼마 지나지 않아 창투 빌딩에 도착했고 운전기사가 나를 깨웠다.

로비로 들어가는 문이 잠겨 있어서 빌딩 앞에서 차를 세워 놓은 모양이다.

"으음."

"이제 어디로 가면 됩니까?"

"뭐지?"

"주 사장님, 어디로 가야 합니까?"

"주, 주차장으로……."

기사가 차를 몰아 지하 주차장으로 갔다.

출입구에서 혈맥 검사를 받아야 바리게이트가 열리기에 기사가 술에 취한 척하는 나 때문에 조금 고생을 했다.

지하주차장으로 내려가 차를 주차시킨 기사는 차 키를 건넨 후에 옥상으로 통하는 전용 엘리베이터를 탈 때까지 나를 부축하고는 곧바로 떠났다.

"차는 한 번 검사를 해야겠군."

나 이외의 다른 자가 운전을 했기에 차를 검사할 필요가 있었다.

상춘대에서 누군가 따라오고 있는 느낌 때문이기도 하지만 호장민이 정보 계통에 종사하는 것으로 의심되는 만큼 내 차에 도청 장치를 설치하지 말라는 법이 없으니 말이다.

띠링!

— 맨션으로!

스킨 패널을 키패드에 대고 명령을 내렸다.

꼭대기 층의 비밀 공간과도 연결이 된 엘리베이터지만 스킨 패널을 조작하는 것에 따라 도착지가 달라지기에 맨션으로 가는 데는 문제는 없었다.

　옥상에 마련된 맨션에 도착한 후 침실로 비틀거리며 들어가 침대 위에 쓰러지듯 엎어졌다.

　'크크크, 많이 지켜봐라.'

　호장민이 나를 감시하기 위해 붙인 자인 것 같으니 당분간은 조심을 해야 할 것 같다.

　'간만에 푹 잘 수 있겠군. 그나저나 빨리 심안을 회복해야 할 텐데……'

　시안이 발동하지 않아 호장민과 대화하며 그의 진심을 알 수 없어 많이 아쉬웠다.

　상태를 보면 조만간 회복을 할 것 같은데 언제일지 알 수가 없어 조금 답답하다.

　'불편하다 뿐이지 심안이 없더라도 움직이는 데 지장이 있는 것은 아니니까 잠이나 자자.'

　생각을 지우고 곧바로 잠에 빠져 들었다.

　"아아아함!"

남궁호는 지루함을 이기지 못하고 하품을 했다.

상춘대에서부터 따라 붙었지만 감시 대상은 자신의 존재를 전혀 느끼지 못하고 있었다.

어렸을 적부터 유명한 자이기는 했지만 아직까지 1차 각성밖에 하지 못한 탓에 절정에 이른 자신의 존재를 느끼지 못하기에 감시하는 것은 편했다.

"아함! 자금성과 천안문 광장이 박살이 나고, 티엔샤 바이오가 무너졌는데 저런 자나 감시하고 있다니……."

시국이 어수선한 판에 투자자 하나를 감시하라는 임무를 맡은 자신이 한심해 보였지만 남궁호는 하품을 하면서도 멀리 보이는 맨션에서 시선을 떼지 않았다.

자신에게 임무를 맡긴 대상이 허투로 대할 사람이 아니었기 때문이다.

"어디!"

중관춘 창업 공사의 사장인 호장민이지만 그의 진짜 신분은 국가안전부의 부부장이다.

부주석의 아들임과 동시에 중국의 정보를 총괄하는 국가안전부의 실질적인 브레인이 호장민이기에 남궁호는 임무를 맡으며 지급 받은 디스플레이 패널을 켰다.

어두운 밤이지만 결계를 치고 있었기에 들킬 염려가 없었던 터라 여유롭게 전해 받은 정보들을 살폈다.

"이야! 이거 대단한 놈일세. 창투를 설립한 자금의 원천이 그 거라는 말이지."

정보를 살펴보며 남궁호가 눈을 빛냈다.

그동안 국가안전부에서 수집한 주환의 정보가 사실이라면 오 랫동안 고민해 온 숙원을 해결할 수도 있을 것 같았기 때문이 다.

"그동안 수집한 저자의 자금 정보로 볼 때 이번에 투자한 금 액을 빼면 창투를 운영할 자금을 마련하려고 들겠군. 그렇다 면……."

자신에게 필요한 것이 시장에 나온다는 확신이 든 남궁호는 별도로 가지고 다니는 스마트폰의 잠금 화면을 풀었다.

조직에서도 모르는 대포 폰으로 추적이 불가능한 양자암호화 가 설치된 것이었다.

─ 또 무슨 일이십니까? 소가주님!

통화를 시도하자 질책이 어린 목소리가 스마트폰에서 흘러나 왔다.

"이거 까칠하구먼!"

─ 쓸데없는 통화는 삼가라고 말씀을 드렸습니다만!

"혜미야! 너 자꾸 그런 식으로 말하면 본가로 돌아가서 엉덩 이 때려준다!"

─ 오라버니!!

"야, 인마! 귀청 떨어져!

— 이렇게 자신만만한 것을 보면 쓸데없이 전화를 건 것은 아닐 테고. 무슨 일입니까? 소가주님!

순식간에 다시 제자리로 돌아온 동생의 질문에 남궁호 또한 정색을 했다.

"혜미야. 이번에 그것들이 시장에 나올 것 같다."

— 서, 설마 그겁니까?

동생도 믿기지 않는지 목소리가 떨리고 있었다.

"맞다."

— 단순히 몇 개 거래되는 것으로 소가주님이 이렇게 전화를 건 것은 아닐 테고, 도대체 얼마나 되는 겁니까?

그들이 원하는 물건은 하루 거래량이 많아야 열 개를 넘지 않는다.

가문에서 필요로 하는 양을 확보하려면 전부 사들인다 해도 몇 년을 기다려야 하는 일이기에 남궁혜미가 물었다.

"내가 확보한 정보를 분석해 보면 최소 이천에서 삼천 개정도는 될 것 같다."

— 저, 정말이에요?

자신의 본분을 잊고 사사롭게 말하는 동생의 목소리를 들으며 충격을 받았다는 것을 알 수 있었다.

"그래, 그것도 최소한이다. 그러니 시장을 예의주시해라, 혜미야."

— 알겠습니다, 소가주님.

"가문의 명운이 걸린 일이니 돈이 얼마가 됐든 이번에는 목표한 양을 반드시 사들여야 한다."

— 반드시 사들이겠습니다. 그런데 시장에는 정확히 언제 나오는 겁니까?

"잘은 모르겠다만 최소한 이삼 일 이내에 나올 테니 자금을 준비해 둬라."

— 알았어요. 실망시켜 드리지 않을 게요, 소가주님.

"그래, 믿으마."

— 조심하세요, 오라버니.

"알았다. 너도 조심해라."

마지막 말이 군사와 소가주로서가 아닌 오누이로서의 걱정이 담긴 것이기었에 남궁호는 미소를 지으며 스마트폰을 끊었다.

콰직!

화르르르르!

통화를 끊자마자 남궁호의 손에 들린 스마트폰이 부서지며 불타올랐다.

신분을 속이고 들어간 조직의 특성상 두 번 다시 사용할 수 없었기 때문이다.

'가문의 검법을 버리고 고작 이런 것이나 익히고 있어야 하

다니……'

스마트폰을 부순 내공은 2차 각성자로 선택 된 후 정부에서 전수한 심법상의 것이었다.

가문을 온전히 되살리기 위해 어쩔 수 없는 선택이었지만 남궁호는 마음에 들지 않았다.

'그것만 확보하면 가문의 성세를 다시 키울 수 있는 발판이 마련된다. 그렇게만 된다면 이까짓 오욕쯤이야 웃으며 감내할 수 있다.'

자신의 감시를 받고 있는 자가 그것을 가지고 있다는 것은 확실했다.

그렇지 않았다면 국가안전부의 부부장이라는 자가 자신과 같은 A급 진성능력자를 감시역으로 붙이지는 않았을 테니 말이다.

남궁호는 눈을 빛내며 창투의 사장인 주환이 거주하는 맨션을 바라보았다.

조금 전까지 하품을 하며 무료해 했던 모습은 온데간데없었다.

감시하기도 하지만 나를 보호하는 역할도 하는 자가 있어서

인지 간만에 푹 잘 수 있었다.

아침에 잠이 깬 후 샤워를 하고 숙취를 풀 수 있는 간단한 음식을 만들어 먹었다.

식사를 마친 후 양치를 하고는 사무실 겸 서재로 가서 모니터에 손을 얹어 컴퓨터를 부팅시켰다.

화면이 곧바로 떠올랐다.

'새삼스럽군.'

관리자를 인지하는 순간 곧바로 켜지는 모니터를 보니 어렸을 적 기억이 떠오른다.

내 운명을 바꾼 그때가 말이다.

새로운 세기가 시작되면서 세상이 정말 많이 바뀌었다.

대변혁이 일어나고 10년 후부터 차원간의 교류가 시작된 후에 기술적인 분야는 그야말로 눈부신 발전을 했다.

마법이라는 그야말로 이능에 가까운 혁명적인 체계가 도입된 덕분이다.

전자공학 부분도 마찬가지다.

정부 차원에서 벌어진 일이지만 전자를 다루는 공학과 마나를 다루는 마도 공학이 만나 일대 혁신을 가져왔다.

'그렇지만 과학과 기술의 발전이 눈부심에도 인간이란 존재는 변화가 거의 없다고 해도 과언이지.'

대변혁으로 인간은 자신의 본질에 대해 알게 되었지만 변한 것이 거의 변한 것이 없다.

이전의 세상과 같이 욕망에 충실했고, 사회적 병폐는 아직도 많이 남아 있었다.

본질을 알게 됨으로서 이능을 수용할 수 있게 된 인류는 자신의 욕망을 적극적으로 추구했다.

아닌 이들도 많이 있기는 하지만 대다수의 인류가 자신의 욕망에 충실했다.

'그분을 만난 것은 나에게 정말 행운이었지.'

대변혁이 시작된 그날, 모든 인류가 자신의 본질에 대해 각성을 했다.

하지만 그 사실을 스스로 인지한 이들은 언어를 이해할 수 있는 자에 한했다.

젖먹이 갓난쟁이나 아직 말문이 트이지 않은 어린아이는 자신의 본질에 대해서 인지를 못했던 것이다.

그래서 과학자들은 수많은 연구 끝에 실제 1차 각성이 이루어지는 시기를 인간이 말을 이해하는 순간으로 규정하고 있다.

하지만 나는 달랐다.

태어나는 순간, 곧바로 나의 본질에 대해 알았고 이해할 수 있었다.

더구나 내 본질이 진실을 보는 심연의 심안이라 남들보다 인지 능력이 빨리 커졌다.

그러다가 변화가 찾아 온 것은 정확히 만으로 아홉 살, 대한민국 나이로는 열 살이 되던 생일날 이었다.

'내 생일이기는 하지만 홀로 나를 키우시는 아버지에게 감사 선물을 사드리기 위해 나섰다가 온몸에 냄새를 풀풀 풍기는 아저씨 한 분을 만났었지.'

지하철 역 근처에서 노숙자 한 분이 나에게로 다가왔다.

기겁을 하고 피해야 하는 것이 정상임에도 나는 그럴 수가 없었다.

심연의 심안으로 본 눈을 통해 오랫동안 그 아저씨가 오랫동안 나라는 존재를 찾아 헤맸다는 것을 알 수 있었기 때문이다.

때가 꼬질꼬질한 두 손으로 내 양손을 잡고 눈을 바라보며 한없이 눈물을 흘리시며 그 아저씨는 나에게 사명이라는 것을 전하셨다.

"텔레파시 같은 것이 아니라 언령으로 말씀을 하셨지. 진짜 사명을 받기 전에 준비할 시간이 일 년밖에 남지 않았다고 말이야.'

입으로 말을 하지는 않았지만 뇌리로 전해지는 목소리를 들을 수 있었다.

그렇게 언령으로 들리는 목소리가 끝나고 엄청난 정보들이 나에게 전해졌다.

그 정보들 덕분에 비록 1년의 시간뿐이었지만, 내가 만 열 살이 되기 전까지 많은 준비를 할 수 있었다.

'후후후, 내가 준비할 수 있었던 것 중에서 제일 말도 안 되는 것이 두 가지였지.'

아저씨 덕분에 많은 것을 준비할 수 있었지만 두 가지는 심안의 능력으로도 해석이 불가능한 불가사의한 것이었다.

바로 내 손등 안에 장착되어 있는 스킨 패널과 차원 에너지에 대한 것이었다.

가히 사기라고 할 수 있는 스킨 패널을 만드는 일을 먼저 했다.

마도 공학 엔지니어인 아버지 덕분에 스킨 패널을 만드는 재료는 아주 쉽게 구할 수 있었다.

그 당시 센터에 근무하셨던 터라 집에 있는 아버지의 개인 연구실에 필요한 재료들은 모두 있었기에 가능했다.

재료라고 해봐야 아주 미량이었기에 아버지도 실험 재료들이 없어진 것을 몰랐다.

그분이 내게 전해 준 정보 중에는 아주 쉽게 스킨 패널은 만드는 방법이 있었다.

마법진을 그리는 것이라 만드는 방법은 그리 어렵지 않았고, 곧바로 만들어 손등에 집어넣을 수 있었다.

'차원 에너지를 인식할 수 있는 능력은 스킨 패널을 장착하자마자 생겼지.'

스킨 패널을 손등 피부에 삽입하는 것은 그냥 올려놓기만 하면 되니 아주 쉬웠다.

하지만 스킨 패널을 장착하고 나서 나는 무척이나 놀라야 했다

삽입하자마자 진성능력자만 다룰 수 있다는 차원 에너지를 느낄 수 있었기 때문이다.

진성능력자 정도의 능력을 발휘할 수는 없었지만 덕분에 신체를 월등히 강화할 수 있었고, 내 본질도 한 층 더 성장했으니 스킨 패널은 그야말로 나에게는 축복이나 다름없는 것이었다.

'그렇지만 스킨 패널이 뭔지는 정확히 알 수 없으니······.'

그분이 스킨 패널에 대해 알려 주기는 했지만 그것은 만드는 방법뿐이었다.

그동안 스킨 패널은 나와 함께 성장을 했다.

아티팩트가 아님에도 성장을 하니 아직도 비밀이 많은 녀석이다.

'너무 생각에 젖었구나.'

시선을 모니터 화면을 옮겼다.

눈동자의 움직임에 따라 곧바로 보고 싶은 사이트에 접속이 되더니 화면이 전환되며 필요한 자료들이 떠올랐다.

떠오른 사이트는 마도 네트워크에서 운영하는 비트코인 거래소였다.

보유자나 거래자의 신원이 철저하게 보호되는 가상 화폐의 거래 사이트였다.

다른 가상 화폐도 많이 있지만 실질 화폐로의 가치가 비트코인이 제일 높은 것은 2011년에 누군가에 의해 취해진 일련의 조치들 때문이었다.

비트코인은 수학 공식을 해석하는 방법으로 네트워크상에서 얻을 수 있다.

이를 채굴이라고 하는데, 2009년까지는 미래가 불확실한 가상 화폐였다.

그러다가 2011년에 누군가 비트코인에 마도 회로를 이용한 특수한 암호 패턴을 적용하면서 급격히 가치가 올라가기 시작했다.

기존의 비트코인에 마도 암호 패턴이 생기면 소유자의 정보가 절대 유출될 수 없게 되었기 때문이다.

그리고 컴퓨터에 저장되는 것이 아니라 마도 네트워크 내에서 독립적인 존재로 위치하면서 절대 사라지지 않기 때문이기도 했다.

익명성과 보존성이 증가하면서 빠르게 가치가 상승한 것이다.

난 스킨 패널을 삽입한 후 왜 그런지도 모르면서 그분이 알려 주신 정보대로 2010년 1월부터 미친 듯이 비트코인을 사들였다.

차곡차곡 모아 놓은 용돈을 전부 털었고, 심안을 이용해 게임을 하며 얻은 아이템들을 팔아 번 돈으로 마도회로가 적용되기 전까지 아주 미친 듯이 사들였다.

마도회로가 적용되기 전에 비해서는 얼마 사지 못했지만 계속 가치가 올라갈 때도 마찬가지였다.

만 열여덟이 되는 2018년까지 돈이 생기기만 하면 어떻게 해서든지 사들였다.

그렇게 해서 모은 비트코인의 수는 5,000만개가 넘었다.

시간이 지나면서 왜 비트코인을 사들여야 한다고 했는지 알 수 있었다.

2018년부터 아주 빠르게 비트코인의 거래 가격이 상승했는데, 가히 폭주라 할 만했기 때문이었다.

마도회로가 적용되기 전에는 코인 하나당 일 센트도 되지 않았던 비트코인이 내가 창투를 만든 시점인 2020년부터는 한 개당 10만 달러에 거래가 되기 시작했던 것이다.

그런 폭주가 시작된 것은 2차 각성자가 늘어나면서 비트코인의 새로운 가치가 알려졌기 때문이었다.

2차 각성을 위해 반드시 가야 하는 '그곳'에서는 비트코인이 절대적으로 필요하고, 차원 여행을 위해서도 제일 필요하다는 것이었다.

그래서 사람들은 비트코인을 달리 마력 코인이라고 부르기도 한다.

'덕분에 진짜 사명을 완수하기 위한 자금을 확보할 수 있었지. 그분 덕분에 말이야. 어디 볼까?'

내가 보유하고 있는 비트코인의 수치가 화면 하단에 나와 있다.

대부분 사람들이 마력 코인이라고 부르는 탓에 푸른색으로 표시된 비트코인의 수는 모두 39,997,643개다

너무 큰 액수라 지구에서 쓰는 실질 화폐로는 한 번도 계산해 보지 않았지만 정말 어마어마한 돈이다.

'내가 중국에 창투를 설립할 수 있었던 것도 모두 이 비트 코인 덕분이었지.'

지금까지 내가 사용한 마력 코인의 수는 3,000개가 조금 넘는다.

그렇게 마력 코인을 환전하여 얻은 자금과 장호를 납치했던 조직의 금고에서 찾아낸 것들을 합해서 7억 달러 규모의 자금으로 창투를 설립할 수 있었다.

'자금 규모가 비밀이기는 하지만 감시자를 붙인 것을 보면 호장민도 내가 마력 코인을 상당수 보유하고 있다는 것을 아마

알고 있겠지. 어디, 일단 오천 개 정도만 환전을 해볼까? 호오, 그새 올랐군.'

마력 코인의 가치는 현재 개당 145,576달러 79센트다.

2차 각성자의 수가 계속 늘어나고, 차원 교류가 활발해질수록 가치가 더 올라가겠지만 쓸 때는 써야 한다.

'그렇다고 손해를 볼 필요는 없지.'

5,000개를 150,000달러에 시장에 내놨다.

많아야 10개 단위에서 거래가 이루어지는 터라 대량으로 필요한 국가에서 전량 매입할 가능성이 높으니 내가 부르는 가격에 매도가 될 터였다.

화면 상단에 인수 가격 하나가 떠올랐다.

"내가 제시한 가격이지만 서두를 필요는 없지."

서둘러 계약을 체결하지 않았다.

아니나 다를까 또 다른 메시지가 떠오르며, 앞서 제시된 가격보다 10퍼센트가 오른 가격이 보인다.

마력 코인의 거래는 주식 거래와 다르다.

제시된 가격대로 체결이 되는 것이 아니라 경매 방식이다.

아까 본 현재 가격은 마지막으로 체결된 경매의 낙찰 가격인 것이다.

기관들이 대거 참여했는지 이전의 메시지를 빠르게 덮으며 응찰하는 가격이 계속 높아진다.

"이대로라면 그냥 놔두는 것이 낫겠군. 더 이상 높은 가격이 없으면 계약이 체결되고 바로 입금이 되니까 말이야."

고작해야 5,000개를 내놨을 뿐이라서 모니터에서 계속해서 떠오르는 응찰 메시지에는 별로 감흥이 없다.

어차피 내가 원하는 가격은 넘어 섰으니 말이다.

내 관심사는 지금 돈 보다는 심안뿐이다.

한 번도 이런 적이 없었기에 아주 초조하다.

'내가 의도한 대로 될지 아직도 판단이 서질 않지만, 오늘은 반드시 심안을 다시 발동시켜야 한다.'

그동안 수없이 찾아왔지만 다른 방법이 없으니 스킨 패널을 이용해야 할 것 같다.

스킨 패널은 그야말로 게임에서 말하는 치트키다.

1차 각성자임에도 차원 에너지를 사용할 수 있게 해주고, 텔레파시도 가능하게 해준다.

2차 각성한 진성능력자만 가능하다는 아티팩트나 아이템의 귀속도 가능하다.

아리의 스승님이 남긴 곳에서 발견한 아공간을 귀속시킬 수 있었던 것도 모두 스킨 패널 덕분이다.

이런 능력을 가능하게 하는 스킨 패널이 다른 기능이 없다고는 상상할 수 없다.

더군다나 나와 함께 진화하며 성장한 스킨 패널이라면 반드시 다른 기능이 있을 것이다.

'감시자 때문에 성가시기는 하지만…….'

호장민이 붙인 감시자가 있으니 밖으로 나가 눈으로 확인을 하거나, 아르고스가 있는 안가로 들어가 확인을 할 수가 없는 상황이다.

확신을 가질 수 없어서 아직 시도를 하지 않고 있지만 오늘은 이곳에서 스킨 패널을 이용해 한 가지 실험을 해볼 생각이다.

제 7 장

실험이라고 달리 준비할 것은 없다.

창업 공사로 가면서 탐지 장치를 트럭에 붙여 놓은 것으로 준비는 이미 다 끝난 상태니 말이다.

트럭에 달라붙어 있는 탐지 장치는 예전에 스킨 패널을 이용해 만든 것으로, 현재 지구상의 기술로는 발견하기 어려운 것이다.

신호를 받은 스킨 패널을 통해서 트럭들의 위치는 실시간으로 파악이 가능하다.

탐지 장치를 붙여 놓은 트럭도 모종의 장소로 가서 잔해를 하차시킨 후에 티엔샤 바이오로 돌아오고 있다.

티엔샤 바이오에 도착하는 순간부터 탐지를 시작해 무엇 때문에 장막 속에서 늦게 나왔는지, 그리고 어디로 가는지 살피면 되는 일이다.

'움직이는 경로를 보면 트럭들이 바뀌지 않고 계속해서 잔해를 실어 나르고 있는 중이니 문제는 없을 거다. 이제 슬슬 도착할 시간이니 한 번 시도해 보자.'

더 이상 망설임이 있어서는 안 된다.

탐지 장치와 함께 인터넷이 진화한 마도 네트워크를 양 축으로 해서 스킨 패널을 시험해 보기로 결정을 내렸다.

마도 네트워크에 들어오는 신호들은 스킨 패널을 통해 나에게 들어오며 심안을 자극할 것이다.

본래부터 심안과 연동된 스킨 패널로 탐지 장치의 신호를 해석하게 되어 있으니 말이다.

'인식 차단 장치가 설치되어 있지만 혹시 모르니……'

거래소 화면만 나오고 있지만 이미 마도 네트워크는 가동을 시켜놨기에 감시자를 생각해 모니터 화면을 껐다.

창문에 편광 필름을 적용해 바깥에서는 보이지 않겠지만 진성능력자들의 능력이라면 볼 수도 있으니 말이다.

'그나저나 웅찰 가격이 벌써 이십팔만 달러가 넘다니, 어지간히 마력 코인이 필요한 모양이군. 하긴 대변혁이 일어난 지 이십 년이 넘으면서 2차 각성자들이 기하급수적으로 늘어났으

니까.'

이후에 태어난 이들은 대변혁 이전에 태어난 이들보다 2차 각성률이 아주 높다.

이전 태생자들의 각성률이 2퍼센트 내외라면 이후에 태어난 자들은 거의 20퍼센트이니 열 배가 넘는다.

'그곳'에 가서 각성을 해야 하지만 그 수치는 앞으로 더 늘어날 것이다.

사전에 2차 각성자 여부를 판단하는 동기화율이 매년 지속적으로 높아지고 있으니 말이다.

그러니 '그곳'이나 다른 차원에서 필요한 마력 코인의 수요가 증가하는 것은 당연한 일이다.

'예상한 것보다 높은 가격에 거래될 것 같으니 그냥 놔두면 알아서 계약이 체결되겠지.'

모니터에 떠오른 메시지의 가격을 애써 잊으며 침대로 가서 누웠다.

'마도 네트워크가 가동되고 있어도 직접 인지되는 것은 없군. 그렇다면……'

굳이 내가 이런 시도를 하는 것은 마도 네트워크 터미널과 탐지 장치의 접속 채널 좌표를 알고 있기 때문이다.

탐지 장치의 신호와 마도 네트워크의 신호를 별도의 좌표로 설정하고, 신호를 받아야 할 스킬 패널 앞에 내 의식을 둘 생각이다.

그렇게 시도하다보면 심안이 자극을 받아 다시 열릴 수도 있기 때문이다.

'마도 네트워크의 좌표를 알고 있지 않으면, 이것도 불가능한 일이지.'

신호를 좌표로부터 인식하는 마도 네트워크는 마력 코인이 등장한 후 3년 후에 나타난 것이다.

나타났다고 말하는 것은 기존의 네트워크 체계가 아무것도 손을 쓰지 않았음에도 비트코인을 변화시킨 암호 패턴으로 인해 변해 버렸기 때문이다.

네트워크를 운영하는 기존의 소스코드나 프로그램에 암호 패턴을 삽입하지 않았음에도 마치 살아 있는 것처럼 네트워크 체계가 바뀌어 버렸던 것이다.

'학자들은 인터넷이 암호 패턴이라는 촉매를 만나 스스로 진화했다고밖에는 설명할 수 없다고 했지. 신이 관여한 것처럼 기존의 신호체계와는 완전히 다른 체계로 변해 버렸으니까 말이야.'

마도 네트워크나 탐지 장치에서 발산되는 신호들은 10년 전까지 쓰였던 전자기 신호와는 완전히 다르다.

전자 신호인 입자의 위상과 더불어 흐름을 나타내는 파동 신호를 엮어 삼차원으로 엮어진 좌표로 시간 차이가 없이 세상의 정보가 즉각적으로 오가는 형태니 말이다.

스킨 패널과 이 두 신호의 중간에 껴 있는 내 의식에 두 채널에서 보내는 삼차원 위상 신호로 자극을 준다면 반응을 보일 것이다.

이런 것이 가능한 이유는 마도 네트워크와 탐지 장치가 모두 스킨 패널에 연결이 되어 있기 때문이다.

'일단 심상을 나누도록 하자.'

사촌형과 함께 스승님으로 모시고 있는 지명 스님이 알려 주신 삼환명심법(杉環銘心法)을 펼쳤다.

다른 명상법과는 달리 마음을 수만 갈래로 나눈 후 둥글게 휘돌며 본심을 찾아 각인하는 일종의 심법이 바로 삼환명심법이다.

거의 10년을 수련했어도 내 의식을 다섯 개밖에 나눌 수 없었지만 실험을 하기에는 충분할 것이다.

마음을 가라앉히고 최대한 정신을 집중해 의식을 셋으로 나누었다.

그중에 두 개의 의식을 스킨 패널을 이용해 탐지 장치와 마도 네트워크에 연결을 시켰다.

'으음.'

수도 없이 보내는 위상 신호들로 인해 머릿속이 아릿하다.

'나머지 하나로는 심안에 연결을 시도하자.'

어느 정도 안정을 되찾고 신호가 해석되기 시작했기에 나누어 두었던 의식 중 하나로 심안을 두드렸다.

'역시, 꼼짝도 하지 않는군. 도대체 내 본질에 무슨 일이 일어난 것이기에……'

비공기를 타고 오며 격통이 찾아 왔을 때는 잔존사념이 남아 있는 마정석과 정령석을 사용한 부작용이라고 생각했지만 아무리 생각해도 그것은 아니었다.

또 다른 이유가 있는 것이 분명하기에 반드시 원인을 알아내야만 한다.

'크으……'

마치 기압이 몇 배나 높아진 것처럼 신체에 압박감이 몰려온다.

집중하면 할수록 의식이 아련해지는 것과 동시에 신체에 과부하가 걸리는 것 같은 느낌이다.

'이럴 리가 없는데……'

심안은 본질이기도 하지만 본래 의식의 작용이라 조금은 있을지 몰라도 이런 정도의 압박감은 절대 일어날 수 없는 일이다.

'크으으윽……'

늘어나는 신호의 양만큼이나 엄청난 압박감이 마치 프레스로 짓누르는 것 같다.

'크으, 이대로는 안 된다.'

삼환명심법으로 또 하나의 의식을 일으켰다.

지금 침대 위에 누워 있는 내 몸의 상태가 어떤지 살펴보기 위해서다.

또 하나의 의식으로 살펴봤지만 침대 위에 있는 몸에는 아무런 변화가 없다.

'크으, 그저 내가 인식하기에 느껴지는 것뿐인가? 그건 아닌 것 같은데…….'

의식으로만 인식하는 것으로 치부하기에는 너무 현실감이 높았다.

'침착하자. 침착해.'

애써 마음을 가라앉히기 위해 노력했다.

'허상이 아니다.'

놀랍게도 삼차원의 위상 신호들을 실질적으로 느끼고 있기에 받는 압박감이라는 것을 알 수 있었다.

내가 느끼는 이 압박감은 그냥 느낌이 아니라 실존하는 것이었다.

양쪽에서 심안으로 보내는 신호들을 체감하기에 생긴 현상이었다.

'크으으, 의식을 통해서 아는 것이 아니라 신체가 실제로 신호를 느끼는 것이라니……. 크으으윽!'

신호를 몸으로 체감하고 있기에 압박감이 발생하는 것이라는 깨닫는 순간, 엄청난 고통이 물밀듯이 찾아왔다.

'크으, 이런.'

의식이 바라보는 내 신체에 변화가 생겼다.

눈과 귀, 그리고 코에서 칠공으로 피를 흘리고 있었고, 몸이 급격하게 쪼그라들고 있었다.

'크으윽! 이런 현상은 두 가지 신호를 받기 때문에 벌어지는 일이 아니다.'

내가 사실을 인식하는 순간 침대 위에 있는 내 몸은 세상의 모든 신호를 느끼고 있는 중이다.

거대한 정보의 바다가 짓누르는 압박을 고스란히 체감하고 있는 것이 분명하다.

'으으으, 이대로라면 나는 죽는다.'

어떻게 해서든지 내 몸이 지금 수신하고 있는 세상의 정보들을 차단해야만 했다.

다급히 또 하나의 의식을 일으켰다.

삼환명심법으로 나눌 수 있는 최대의 수치다.

'주, 줄어들지 않는다.'

신호를 의식으로 받아들이려 시도를 했고, 성공을 하기는 했지만 세상의 정보를 한두 개의 의식으로 담기에는 너무도 부족했다.

'그래도 조금이나마 압박감이 줄어들었으니 모두 돌리자. 크
으으.'

어느 정도 통하기에 삼환명심법으로 나눠진 의식들 전부를
끌어들여 정보를 수신하도록 했다.

'크으, 미치겠군.'

의식의 크기를 혜량할 수 없다고는 하지만 정보의 바다를 다
수용하기에는 부족했나보다.

어느 정도 압박감이 줄어들기는 했지만 아직도 미칠 것은 고
통이 남아 있으니 말이다.

'어, 어떻게든 견뎌야 한다. 어떻게든. 크으…….'

정보들은 탐지 장치와 마도 네트워크를 통해서 들어오는 삼
차원 위상 신호들이었다.

마도 네트워크는 사라지지 않을 테지만 탐지 장치의 에너지
는 사용한도가 있어서 얼마 있지 않아 정지할 것이기에 그때까
지는 무슨 일이 있어도 버텨야 했다.

'크으으, 드디어 탐지 장치가 꺼졌구나.'

얼마나 버텼을까, 압박감이 현저하게 줄어들었다.

예상했던 대로 엄청난 신호를 보내고 있던 탐지 장치의 에너
지가 고갈된 것 같다.

'어서 수습해야 한다.'

마도 네트워크에서 보내오는 신호의 양이 장난이 아니지만

스킨 패널과 삼환명심법으로 나눈 다섯 개의 의식이라면 어떻게든지 수습이 가능할 것 같다.

한 번도 시도해 보지는 않았지만 가능한 방법은 하나뿐이기에 스킨 패널로 다섯으로 나눈 의식에 접속을 시도했다.

─ 채널 접속!

'되, 된다.'

다행스럽게도 다섯 개의 채널이 활성화되면서 스킨 패널에 접속이 되고 있었다.

─ 최대 동기화 후 연산시스템 가동!

채널의 폭을 넓히고 들어오는 정보들을 처리하도록 했다.

정보 처리가 너무도 빨라 미처 의식하지 못해 무슨 뜻인지 모르지만 현저하게 고통과 압력이 줄어들고 있어 다행이다.

'정말 대단하다. 아르고스로 최대치에서 초당 처리하는 정보량이 킬로 단위라고 한다면 이건 최소한 테라급이다.'

스킨 패널이 정보를 처리하는 속도나 양으로 봤을 때 가히 신물이라고 해도 과언이 아닐 정도다.

아르고스가 초당 처리할 수 있는 정보의 양은 무려 256엑사나 된다.

10의 18승이 엑사인 것을 감안할 때 스킨 패널의 정보 처리 능력은 이미 아이템을 지나 아티팩트를 넘어서 가공할 지경이다.

'지금까지 스킨 패널에 대해 잘못알고 있었구나. 정보처리 기능은 아르고스에 미치지 못한다고 생각했었는데, 도대체 내가 뭘 만든 거지? 어?'

스킨 패널의 정보 처리 속도에 놀라 생각에 잠겨 있었기에 몸에 가해지던 압박감이 완전히 사라졌다는 것을 뒤늦게 깨달았다.

'으음, 의식하지 않아도 확실히 느껴진다. 전에는 의식을 해야만 필요한 정보를 알 수 있었지만 이제는 자연스럽게 전신으로 체감하고 있구나.'

스킨 패널을 통해 접속하고 집중하고 의식해야만 알 수 있던 것을 이제는 그냥 알 수 있었다.

'심안이 멈춘 것이 아니었다. 감시자를 느꼈을 때 알아봤어야 했는데…….'

심안이 여전히 내 곁에서 환하게 열려 있었지만 작동하는 방식이 달라졌기에 내가 몰랐던 것뿐이었다는 것을 깨달을 수 있었다.

새로운 방식으로 스킨 패널을 사용할 수 있다는 생각에 들어온 정보들을 토대로 티엔샤 바이오의 잔해들을 살폈다.

'으음, 건물 자체가 지구에서는 구할 수 없는 마법적인 재료들로 만들어진 것이었군.'

잔해들은 마법에 사용하는 다른 차원들의 재료로 만들어진 것이었다.

트럭들이 상당한 시간동안 장막 안에 머물다 나가곤 했는데 인식 차단 장치를 설치하고 반출하느라 시간이 걸린 것이 분명했다.

'어디에 매립하는 것이 아니고 지하 벙커로 가지고 가는 것을 보면 재사용이 가능하다는 건데……'

트럭들이 잔해들을 하차하는 곳이 아주 특별해 보였다.

비밀스러운 장소에 조심스럽게 보관하는 것을 보면 잔해에 들어 있는 마법적 재료들을 다시 사용하려는 것이 분명해 보였다.

내가 알고자 하는 모든 것을 확인했다는 생각이 들자 곧바로 심안이 작동을 멈췄다.

'으음, 심안이 꺼지기는 했지만 스킨 패널은 마도 네트워크에는 계속 접속해 있구나. 이런 상태면 언제든지 내가 알고자 하는 것들을 파악할 수가 있겠구나. 아르고스와도 연동이 가능한 것인지도 알아봐야겠군.'

누가 알려준 것은 아니지만 스킨 패널과 연동된 심안의 한계가 저절로 인식이 되었다.

언제든지 심안을 열수는 있지만 한계가 있는 것이다.

대상을 명백히 인지해야만 했고, 인지된 대상이 움직이는 범위에 대해서 알아야 했다.

무엇보다 인식 차단 장치가 설치된 곳의 내부는 볼 수 없다는 단점이 있었다.

그렇지만 아르고스는 대상을 인지하지 않아도 심안으로 보고 싶은 것을 볼 수 있다.

그리고 반경 100킬로미터 범위 내에서는 인식 차단 장치가 설치된 곳의 내부까지도 알 수가 있는 아이템이라 연동이 되는 지가 궁금했다.

'후우, 아직은 시험해 볼 단계가 아니다.'

연동이 가능한 지 확인해 보기 위해서는 안가로 가야했기에 참기로 했다.

인식 차단 장치가 설치되어 있어 내가 이곳에서 뭐하는 지 알 수는 없겠지만 맨션에 머물고 있는지는 시야만으로 확인을 할 수 있으니 말이다.

앞 쪽에 있는 빌딩에서 은신한 채 나를 지켜보고 있는 놈처럼 말이다.

호장민이 마음만 먹는다면 내가 맨션을 나와 빌딩을 나서기 전까지의 움직임을 모두 알 수 있다.

이곳 창업 인큐베이터에 있는 개발자들은 호장민의 추천으로 들어온 자들이니 말이다.

아르고스가 연동이 되는 지 살펴보기 위해 비밀 공간에 들어 가면 비는 시간이 발생한다.

보고를 받은 호장민은 뭔가 있다는 것을 알아차릴 것이기에 나중에 시도해 보는 것이 좋았다.

'일단 씻고 내가 아직 이곳에 머물고 있다는 것을 확인시켜 줘 볼까.'

칠공에서 피를 흘렸기에 침대보 위에 붉은 피가 아주 흥건하다.

'침대보는 나중에 처리를 해야겠군.'

침실이어서 보지는 못했을 테지만 이대로는 곤란하기에 욕실로 가서 샤워를 하고 거실로 나갔다.

감시를 하고 있는 자가 보라고 일부러 테라스의 문을 활짝 열고 환기를 시켰다.

'바쁘군.'

나도 모르게 작동한 심안을 통해 건너편 옥상이 부산해지는 것을 알 수 있었다.

연락을 주고받는지 위상 신호들이 줄기차게 드나든다.

'무슨 대화를 하는지 알려면 지금 열린 심안에 대해서 확실히 알아야하겠구나.'

나도 모르게 삼차원 위상 신호의 좌표를 인식하고 있었다.

암호 패턴으로 인해 마도 네트워크는 해킹이 불가능하다고 알려져 있지만 그렇게 느껴지지 않는다.

새로 열린 심안이라면 가능할 것 같기에 나중에 아르고스의 연동을 시험해 보면서 시도해 보기로 했다.

'아차!'

심안이 열렸다는 것에 정신이 팔려서 정작 중요한 것을 잊고 있었다.

아리의 상태가 어떤지 알아봐야 하는데 말이다.

심상으로 아리를 떠 올렸다.

'어째서 보이지 않는 거지?'

어둠에 싸여 있는 것처럼 아리는 물론 같이 있어야 할 현무도 보이지 않는다.

'이상하다. 어디!'

사촌형을 떠 올려봤다.

'무사히 암자로 갔구나. 그런데 어째서…….'

암자 안은 인식 차단 장치 때문에 보이지 않지만 내가 알고 있는 곳이라서 외형을 볼 수 가 있었다.

암자 밖에서 수련을 하는 형의 모습이 확실히 보였기에 아리의 행방에 의문이 들었다.

'다시 시도해 보자.'

다시 한 번 아리와 현무를 떠올려 보았지만 보이지 않는 것은 여전했다.

'인식 차단 장치에 가로막힌 건가?'

인식 차단 장치로 인해 가로막힌 것 이외에는 설명할 길이 없기에 심안을 거두어 들였다.

'한시라도 빨리 감시를 떨쳐 내야겠다.'

아르고스가 연동이 되는 지 확인하기 위해서는 감시자를 떨어트려야 한다.

그러기 위해서는 호장민의 신임을 얻어야 하기에 방법을 찾기로 했다.

'일단 나가 보자.'

곧바로 옷을 차려 입고 맨션을 나섰다.

새롭게 들어올 개발자들이 업무를 볼 수 있도록 준비하기 위해서다.

비어 있는 사무실이 아직도 많았기에 입주하는 것은 문제가 없지만 보안이나 구획을 나누는 것이 필요하기 여러 업체들을 찾아다녔다.

꽤나 고단한 하루였지만 공사에 필요한 업체들과 계약을 하고 공사할 준비를 마칠 수 있었다.

어느 정도 준비가 끝났기에 맨션으로 돌아와 호장민에게 전화를 걸었다.

― 속은 좀 괜찮은 건가?

"아직도 얼얼합니다."

― 젊은 사람이 그래서야 쓰나? 해장은 했나?

"바빠서 아직 못했습니다."

— 바쁘다니 무슨 말인가?

"형님이 추천해 주신 개발자들이 입주할 준비를 해야 해서 말이죠."

— 벌써 준비를 하다니. 역시, 동생이로군.

"사무실을 꾸밀 업체들과는 오늘 계약을 마쳤습니다. 하지만 개발자들의 요구를 반영해야 할 것 같아서 제가 연락을 해도 될지 모르겠습니다."

— 뭘 그런 걸 묻나. 창투로 결정이 내려졌으니 동생이 알아서 하면 되네.

"알겠습니다. 그럼 내일 연락을 취해 미팅 날짜를 잡고 형님께 알려 드리겠습니다."

— 하하하하, 아주 불도저구만. 알아서 잘 하게. 난 동생을 믿으니 말이야.

"예, 형님."

— 바쁠 테니 이만 끊게.

"편히 쉬십시오."

호장민이 앞에 없는데도 의자에서 일어나 허리를 숙이며 인사를 했다.

감시하고 있던 자가 아마도 이런 내 모습을 보고하고 있을 것이다.

전화기를 내려놓은 후 편안한 옷으로 갈아입었다.

벗어 놓은 옷을 세탁기에 집어넣은 후 빨래를 시작했다.

마법진이 적용된 세탁기라 물을 쓰지 않고 세탁이 되는 터라 한 시간 후면 끝날 것이기에 주방으로 갔다.

쌀을 씻어 밥솥에 넣은 후 자동 취사 기능을 눌렀다.

그러고는 냉장고를 열어 식재료를 꺼낸 후 밥과 함께 먹을 반찬들을 만들었다.

'아직도 떠나지 않고 감시를 하는군. 아직 조사가 끝나지 않았다는 것이겠지.'

호장민은 나에 대한 정보를 수집하고 있을 것이다.

전에도 그랬겠지만 전략물자 개발을 위한 일이라서 이번에는 고강도로 진행되고 있을 것은 자명하다.

'그렇다고 내 정체를 알아낼 수 있는 것은 아니지.'

호장민이 아무리 조사를 한다고 해도 내 정체를 알아내지는 못할 것이다.

그건 중국 정부도 마찬가지고 배후에 있는 조직들도 마찬가지다.

드미트리의 경우처럼 지금의 내 신분은 실제로 존재하는 것이니 말이다.

지금 내 얼굴은 본래의 얼굴이 아니다.

빌딩에 있는 안가로 올 때 아리가 모습을 바꾼 것처럼 나도 스킨 패널을 이용해 중국 국적의 신분이 가진 얼굴로 바꿨으니 말이다.

주환이라는 신분은 장호를 구출할 때 장기를 적출 당해 이미 죽은 자의 것이다.

당시 놈들은 장기를 적출한 자들에 대해 상부에 미처 보고를 하지 않고 있었기에 놈들의 아지트에 있던 사체들을 전부 소각하고 신분을 도용할 수 있었다.

주환은 북경대학교 마도공학과 출신으로, 나와 나이는 물론이고 체형과 얼굴 형태가 비슷했다.

장호가 티엔샤 바이오에서 당한 것처럼 비슷한 형태로 장기를 적출당한 상태였는데, 뇌와 척수가 아직 살아 있어서 그가 가진 모든 것을 도용할 수 있었다.

심연의 심안으로 그의 기억을 전부 읽을 수 있어서 가능한 일이었다.

'북경대학교에 재학할 시절에 마도 네트워크에 탁월한 능력을 발휘한 인재였으니 내가 창투를 설립한 자금이 마력 코인에서 나온 것으로 짐작을 하고 조사해도 나올 것이 별거 없을 거다.'

본래의 주환도 마력 코인에 상당한 관심을 가진 자였다.

주환은 북경 대학교에 들어가기 전부터 수학 공식으로 문제를 해석해 마력 코인을 직접 채굴하고 있었다.

나에 비하면 가진 것이 새 발의 피지만 북경대학교에 재학 중이었던 2020년까지 무려 20만 코인을 채굴해 낼 정도로 소질이 있는 자였다.

조사한 바로는 자신의 수학 실력을 뽐내기 위해 비트코인을 채굴한 것을 친구들에게 자랑하고 다녔던 것으로 파악이 되니 자금 출처에 대한 문제는 없을 것이다.

'코인이 사라지지 않게 하기 위해 보관하고 있기는 하지만 에너지가 떨어질 때가 다 되어가니 조만간 한 번 가서 살펴봐야겠군.'

주환의 뇌와 척수를 살려서 지금까지 보관하고 있다.

생기를 잃으면 마도 네트워크의 마력 코인 또한 사려져 버려서다.

뇌와 척수를 보관하고 있는 장소에 조만간 들러 마나석과 보관 용액을 교체해야 할 것 같다.

'자금 출처는 문제가 없을 것이고, 주환이 가진 신분이 문제인데 그것도 조만간 알려질 테니 호장민도 더 이상은 의심을 하지는 않을 것이다.'

주환 자신도 모르고 있었지만 그는 청나라 이전에 중국 대륙의 패자였던 명나라 황가의 후손이었다.

청나라는 화하족으로 대변되는 정통 한족이 세운 나라가 아니지만 명나라는 다르다.

중국 왕조 중에서 몇 되지 않은 한족이 세운나라니 중화를 천명처럼 여기는 중국 수뇌부의 기조 상 주환을 무시하지는 않을 터였다.

　'얼마 뒤면 주환에 대한 정보가 모두 확인이 될 테니 감시하는 놈도 사라질 것이다. 이번에 투자하는 일을 빠르게 진행하면서 호장민의 신임을 얻고 게이트를 열려고 하는 놈들에 대해서 알아보자.'

　다른 차원의 자원을 활용하려는 이유보다는 게이트를 열 때 발생하는 이전 세상의 에너지를 얻는 것이 분명했다.

　'게이트를 열고 에너지를 얻으려는 목적이 진성능력자를 양산하기 위해서만은 아닐 것이다. 그것만으로 대한민국을 무너트리는 것은 어려운 일이니까.'

　소규모 게이트에서 발생하는 에너지를 이용해 인간의 신체를 변화시켜 장기를 얻으려는 것도 그렇고, 모든 것이 연관이 되어 있다.

　대한민국을 무너트리기 위해서라고 하기에는 규모가 무척이나 크다.

　대변혁이 일어나기 전에 존재한 에너지를 얻어 무엇을 하려는지 반드시 알아내야 한다.

― 소가주님!

"무슨 일이냐?"

통화를 한 지 얼마 되지 않았는데 다시 연락을 해온 동생의 목소리에 남궁호가 물었다.

― 매물이 나왔습니다.

"얼마나 나온 거냐?"

― 오천 개나 나왔습니다.

"오천 개나?"

자신이 예상한 것보다 거의 두 배에 가까운 양에 남궁호가 반문했다.

― 그렇습니다. 소가주님의 말씀을 듣고 네트워크를 살피다가 제일 먼저 발견해 가격을 제시했지만 체결이 되지 않았습니다.

"물량이 나온 것이 언제쯤이냐?"

― 정확히 여섯 시 십사 분에 올라왔습니다.

"그렇군. 가격이 얼마나 올라간 거냐?"

― 현재 이십팔만 달러를 돌파했습니다.

"골치 아프군. 지금에는 문제가 없나?"

― 개당 최대 30만 달러까지는 가능합니다.

5,000개를 개당 30만 달러에 낙찰을 받는다면 15억 달러가 필요하다.

동생인 혜미가 박박 긁어모아도 그 정도의 자금이 남궁가에 있을 리가 없다.

"자금은 확보하고 있는 거냐?"

─ 현금으로 2억 달러가 있고, 나머지는 마나석으로 대체할 생각입니다.

'경매라는 것이 정말 아쉽군. 그렇지 않았다면 훨씬 싼 가격에 확보할 수 있었는데 말이야.'

마나석을 확보하기 위해 상당한 노력을 기울여 왔다.

그동안 가문에서 모아 놓은 것을 전부 쏟아 부어야 확보가 가능하다는 생각에 마력 코인의 거래 방식에 대한 아쉬움이 컸다.

주식 거래와 같은 방식이라면 반 정도의 자금만 투입되었어도 확보가 가능했기 때문이다.

'어쩔 수 없지. 마력 코인 하나만 있어도 상급 마나석을 열 개는 확보할 수 있으니까.'

아쉬움이 크기는 하지만 비교 가치에 있어 마력 코인이 마나석보다 월등하게 높으니 확보에 전력을 기울여야 했다.

"혜미야! 가문의 사활이 걸린 일이다. 필요하다면 다른 것들을 사용해도 좋으니 반드시 확보해라."

─ 알겠습니다, 소가주님.

"확인해 볼 일이 있으니 이만 끊겠다."

─ 조심하십시오.

"알았다."

콰직!

화르르르르!

남궁호는 통신을 끊은 후 스마트폰을 폐기시켰다.

'거래량은 정확히 모르지만 주환이라는 자가 분명 마도 네트워크 상에서 마력 코인 거래소를 방문한 것은 분명하다.'

보통의 시야로는 보이지 않지만 내공을 이용해 안법으로 맨션 안을 살폈을 때 동생이 말한 시간쯤에 주환이 마력 코인 거래소에 접속하는 것을 확인했다.

계속해서 모니터를 켜두다가 얼마 전에 끈 것으로 보면 최고 가격에 팔려고 하는 것이 분명했다.

5,000개나 되는 물량이 한꺼번에 나온 것도 그렇고, 곧바로 계약이 체결되지 않는 것을 보면 주환이 올린 것이 분명했다.

'어쩌면 소모된 자금을 보충할 방법을 찾을 수 있을지도 모르겠군. 아니면 돈을 들이지 않고 마력 코인을 확보하거나 말이야.'

감시하고 있는 주환이 자신에게 대박이 될 수도 있다는 생각이 든 남궁호는 맨션 안으로 정신을 집중했다.

거리가 멀고 인식 차단 장치가 되어 있어 많은 시간 들여다볼 수 는 없지만 잠깐 잠깐은 가능하기에 맨션에서 눈을 떼지 않았다.

　인큐베이터를 연구개발실 겸 사무실로 사용하기 위해서는 개발자들의 성향과 연구 스타일을 맞춰야 하기에 밑에 있는 실무진과 미팅을 했다.

　내가 기본 안을 제시한 후 의견을 들었기에 그다지 많은 시간이 걸리지는 않았지만 변동사항이 많았다.

　당초에는 2개 층을 활용해 각자의 공간을 만들어 주려고 했으나 의견을 받아들여 계획을 바꿨다.

　개발되는 것들이 모두 연관이 된 것이라 한 층을 전부 활용해 구획을 나눈 후 각자의 회사를 만들어 주기로 했다.

　지분을 얻기 위한 투자비 말고도 추가로 자금이 더 들었지만 보안장치는 물론 집기들까지 일체 준비를 해주기로 하자 무척이나 환영하는 분위기였다.

　개발자들의 뒤에 있는 북경군구를 의식한 조치였지만 개발자들의 인심을 얻은 것 같아서 그리 나쁘지 않은 선택이었다.

　진행 사항을 알려주기 위해 전화를 걸자 호장민은 이런 나의 추가 투자를 크게 반겼다.

　사실 이렇게 과외로 더 투자를 한 것은 놈들에게 잘 보이기 위한 것만은 아니었다.

'아르고스와 심안을 연동할 수 있는지를 먼저 확인해야했으니까.'

공사 업체와 계약을 하기는 했지만 내 자금으로 집행이 되는 것이었고, 마도 공학을 전공한 엔지니어라는 신분을 가지고 있었기에 직접 공사에 관여할 수 있었다.

한 층 전부를 통제구역으로 정해 놓고서 내가 직접 감독하며 사무실을 구획했다.

일과가 끝나고 업체에서 온 기술자들이 퇴근을 하면 혼자 남아서 설치된 것들을 확인을 하고 진척 사항에 대해 매일 호장민에게 알렸다.

그렇게 그의 신임을 얻으면서 나 또한 내가 원하던 것을 달성할 수 있었다.

공사 시작 전에 인식 차단 장치를 설치한 덕분에 시설을 확인하는 척하며 비밀 공간으로 만들어진 안가에 들어갈 수 있었고, 덕분에 아르고스와 연동을 할 수 있었다.

그리고 공사가 완료되고 입주가 하루 남은 오늘까지 게이트 활성화와 관련된 자들에 대한 조사를 끝낼 수 있었다.

'아직도 감시자가 떠나지 않을 것을 보면 주환이 가진 감춰진 신분 때문인 것 같은데……'

건너편 빌딩 옥상에서 나를 감시하는 놈이 아직도 남아 있었다.

하지만 얼마 전부터 감시하는 놈에게서 풍기는 느낌이 달라졌다.

나를 감시하는 것이 아니라 보호하려고 하는 것 같다.

'티엔샤 바이오의 잔해들에 대해서도 처리를 해야 하는데 상황이 아주 애매해졌군.'

차원 에너지를 수집하는 데 쓰였던 것으로 보이는 티엔샤 바이오의 건물 잔해도 확인하지 못하게 생겼다.

게이트 활성화에 관련된 자들을 찾아 정보를 캐낼 수도 없는 상황이다.

'호장민의 말투가 얼마 전부터 달라진 것을 보면 조만간 뭔가 이야기를 꺼내겠지.'

그저 하수인으로 대하는 느낌이었는데 얼마 전부터 호장민의 말투에서 따뜻한 느낌이 묻어난다.

이전과는 달리 나를 진짜 동생으로 대하는 것 같으니 기다려 봐야 할 것 같다.

호장민이 나에게 뭔가 제안을 하려고 한다는 느낌을 받았으니 말이다.

'북경군구에서 보내온 봉인된 장비들도 설치가 다 됐고, 내일 마스터키를 인계하기만 하면 끝이 나니 뭔가 이야기를 꺼내겠지.'

마지막으로 시설을 확인하며 봉인된 장비들은 일체 건드리지 않았다.

보안 시설을 확인하고, 마스터키를 다시 세팅해 초기화시켜 놓은 것뿐이다.

보안 장비들이 초기화된 지금부터는 나라고 해도 들어갈 수가 없다.

엘리베이터를 타고 로비로 내려와 다시 맨션으로 가는 엘리베이터를 탔다.

욕실로 가서 샤워를 끝내고 옷을 갈아입은 후 냉장고에서 맥주 한 캔을 꺼내 소파에 앉았다.

틱!

"카아!"

목젖을 넘기는 맥주의 알싸한 청량감에 나도 모르게 탄성을 질렀다.

"시원하군. 역시, 맥주는 일을 끝내고 마셔야 제맛이지. 그나저나 형님께 말씀드리지 못 하겠군. 내일이 입주라 초청장을 보내드리기는 했지만 서운해 하실지도 모르지만 시간이 늦었으니 어쩔 수 없지."

괜히 혼자 말을 하는 것이 아니라 일부러 들으라고 한 것이다.

이주일 전에 공사 업체에 말해 거실 배치를 바꾸면서 일부러

틈을 보여주자마자 맨션 안에 도청 장치가 설치되었으니 말이다.

인식 차단 장치가 설치되어 있다고는 하지만 안에 도청 장치가 설치되어 있다면 무용지물이다.

비록 소리뿐이지만 마법사들이 사용한다는 패밀리어 마법처럼 인식 차단 장치를 뚫고 실시간으로 전송하니 말이다.

"공사가 다 끝나기는 했지만 북경군구가 납품을 받는 것이라 트집을 잡힐 수도 있으니 입주가 모두 끝나면 빌딩 전체에 대해서 다시 보안 검사라도 해야겠군."

꿀꺽!

꿀꺽!

"카아! 좋군. 한 캔 더 할까?"

삐리리리!

캔을 비우기 무섭게 전화벨 소리가 울렸다.

"형님이시군."

스마트폰 액정 패널에 호장민의 이름이 떴다.

"형님."

— 자고 있는 것 아닌가 했는데 동생은 깨 있었나보군.

"내일이 입주하는 날이라서 조금 전까지 마지막 점검을 했습니다."

— 하하하하, 역시 동생이군.

"형님도 주무실 시간이신데 전화를 다 주시고, 무슨 일이라도 있습니까?"

— 내일 입주가 끝나고 나면 시간이 있나 해서 전화를 해봤네.

"하하하, 형님이 호출하시는데 시간이야 언제나 있지요. 그런데 무슨 일입니까?"

— 내일 아주 중요한 분을 만나러 가는데 이번에 자네를 소개시켜 드릴 생각이라서 말이야.

"중요한 분이요?"

— 하하하, 그렇네.

"누구신지 정말 궁금하네요. 형님께서 소개시켜 주시는 분이라면 아주 중요한 분이실 텐데 말이죠."

— 궁금하겠지만 조금 참게. 내일 만나보면 알게 될 테니까. 자네에게 아주 큰 기회가 될 수도 있는 분이시니 잘 보여야 할 걸세.

"이거 떨리네요."

— 하하하, 떨 것까지야. 입주식이 끝나고 난 후에 자네 맨션으로 사람이 갈 거네. 그분을 만나기 위해서는 규칙상 사전에 조사를 해야 하는 터라 너무 기분 나쁘게 생각하지는 말고.

"그 정도로 중요한 분이라면 상관없습니다. 형님께서 저에게 일부러 기회를 주신 것 같은데 말이죠."

— 하하하, 이해를 해 주니 고맙네. 밤이 많이 늦었으니 이만 쉬게. 내일 중요한 날이니 말이야.

"예, 형님."

고개를 숙여 인사를 한 후 스마트폰을 껐다.

'그저 이곳에 설치된 도청 장치를 제거하기 위해서 전화를 한 것은 아닐 것이다. 이리저리 재다가 이제야 결정을 내린 것일 테지. 후후후, 누구인지 궁금하군. 호장민이 존칭을 하는 인물이 말이야.'

국가 권력 서열 두 번째인 호태용을 아버지로 두고 있는 호장민이 이 정도로 어려워 할 만한 사람은 딱 두 사람밖에는 없다.

'공식적으로는 자신의 아버지 아니면 주석이겠지만, 그것이 아닐 수도 있다. 하늘 위의 하늘이라는 자들이 있으니 말이야. 후후후, 이거 재미있겠군.'

사실 주석과 부주석을 만나기는 어려울 것이다.

아무래도 세상의 이목으로부터 가려져 있는 제3의 인물을 만나러 가는 것 같아 흥미가 돋았다.

냉장고로 가서 맥주 한 캔을 따서 단 번에 마신 후 침실로 들어갔다.

내일을 위해서 이제 잠을 자야 할 시간이었다.

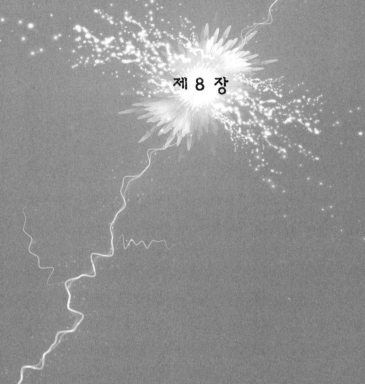

제 8 장

입주식은 아주 조촐했지만 초대된 이들은 결코 초라하지 않았다.

　북경군구의 사령관을 보좌하는 작전참모와 시장을 비롯해 호장민까지 왔으니 말이다.

　간단히 입주식을 마치고 초대된 손님들과 함께 사무실들을 둘러봐야 정상적이겠지만 간단한 다과회로 입주식을 끝내야 했다.

　초대된 사람들이 중량급 인사들임에도 이른 아침 마스터키를 개발자들이 인수한 뒤로는 그 누구도 출입할 수 없는 곳이 되어 버렸기 때문이었다.

초대된 손님들이 불만을 가질 만도 하건만 그런 내색이 전혀 없었다.

둘러보자는 이야기를 꺼내지도 않았고, 엘리베이터 근처에 마련된 공동 휴게 공간에서 차와 다과를 하며 개발자들을 격려한 후에 돌아가는 것으로 끝이었다.

입주식이 끝난 후 뭐가 그리 바쁜지 개발자들은 자신들의 사무실로 들어갔고, 휴게 공간에는 호장민과 낯선 사나이만이 남았다.

"일단 자네 맨션으로 가세."

"예, 형님. 불편하시더라도 일 층으로 가셔야 합니다."

"역시 보안이 철저하군. 알았네."

엘리베이터를 타고 1층으로 내려간 후, 전용 엘리베이터를 타고 맨션으로 갔다.

"하하하! 잘 꾸미고 사는군그래."

"그냥 사무실을 겸해서 쓰고 있습니다. 차 한잔 드시겠습니까?"

"아니네. 약속 시간에 맞추려면 조사를 끝내고 바로 가야 할 것 같으니 말이야."

"알겠습니다. 형님. 그런데 무슨 조사이기에……."

"하하하, 겁먹었나?"

"아닙니다."

"걱정하지 말게. 그분의 신변 보호를 위해 자네가 진성능력자인지 조사하는 것뿐이니 말이야."

"그렇군요. 그럼 하십시오."

암살을 걱정할 정도로 중요한 인물이라는 뜻이기에 조사를 수락했다.

호장민과 같이 온 자가 가방 크기의 케이스를 들고 있었는데, 안에는 에너지 투영기가 있었다.

내 몸에 흐르는 에너지 형태를 투영해 차원 에너지를 조사하는 방식이라 방법은 간단했지만 내용은 그리 간단하지 않았다.

'조사하나 마나지만……'

이런 조사에 대해서는 이미 신물이 넘어가도록 당해봤지만 스킨 패널의 에너지가 검출되지 않아서 지금까지 한 번도 걸려본 적이 없다.

그리고 전투 슈트가 일체화되어 있는 탓에 혹시나 걱정이 돼서 보안 공사를 하면서 별도로 검사를 해봤지만 나타나지 않았기에 걱정하지는 않았다.

'그나저나 새로운 투영기로군.'

기존의 장비들은 대부분 조사 대상자의 신체에 접촉하고 난뒤 에너지를 투영하는데 반해 사나이가 사용하는 장비는 그렇지 않았다.

장비 위에 삼차원 홀로그램으로 떠오른 내 신체에서 흘러나
오는 에너지들의 양을 빛으로 표시된 게이지가 알려주고 있었
다.

'2차 각성의 전조까지 파악할 수 있다니 흥미롭군. 아주 재
미있는 물건이야. 조치를 해 두기를 잘했다.'

어제 호장민에게 전화를 받은 후 중국에서 쓰이는 투영기가
어떤 것인지 궁금해 몇 가지 조치를 취했다.

사나이가 투영기를 올려놓은 탁자에 장치해 놓은 것도 그중
에 하나다.

지금쯤 사나이가 사용한 투영기의 정보들이 탁자에 있는 장
치에 고스란히 저장되고 있을 터였다.

"1차 각성만 하신 상태라 문제는 없을 것 같습니다."

"알았네. 자네는 잠시 좀 비켜 주게."

"예, 사장님."

'예상한 대로군.'

호장민의 대답에 사나이가 장비를 챙겨서 옆으로 물러났는
데, 하필이면 도청기가 설치된 곳이다.

"자네도 2차 각성을 하면 좋을 텐데, 조짐은 있나?"

시선을 돌리려는 듯 호장민이 묻는다.

"없습니다."

"이런!"

"2차 각성은 운이 좋아야 한다고 들었습니다. 능력을 얻으면 좋겠지만 어차피 제 관심이야 사업 쪽이라 2차 각성을 하지 않아도 상관없습니다."

"동생, 자네 삶도 나쁘지는 않지만 한 번 노력을 해보게. 2차 각성을 한 진성능력자가 가지는 능력은 정말 대단하니 말이야."

"형님께서 그리 말씀하시니 한 번 관심을 가져 보도록 하겠습니다."

"관심만 갖지 말고 한 번 해보도록 하게. 내 힘껏 도울 테니 말이야."

"말씀만으로도 너무 감사합니다."

"이제 그분을 만나러 가도록 하세. 기다리시게 하는 것도 예의가 아니니까."

"알겠습니다. 형님, 일어나시죠."

맨션을 나와 지하 주차장으로 가니 우리를 태우고 갈 차량이 대기하고 있었다.

차량은 독일 유명 자동차였는데, 창문이 짙게 코팅이 되어 있어 밖에서는 들여다보이지 않았다.

사나이가 문을 열어주었고, 호장민과 함께 대기 중인 차량에 올라탔다.

'쾌적하군.'

운전석 쪽은 완전히 차단이 되어 있었고, 서로 마주 볼 수 있도록 만들어진 좌석 두 개 만 있어서인지 아주 편안해 보이는 구조였다.

스르르르.

'안에서도 밖이 보이지 않도록 하는군.'

차가 움직여지는 것이 느껴진 후 곧바로 차폐 장치가 가동하더니 창문이 가려진다.

'후후후, 목적지를 모르게 할 생각인 것 같지만…….'

인식 차단 장치를 사용하고 있기는 하지만 목적지를 아는 것은 어렵지 않다.

지금 아르고스와 연동한 심안이 발동하고 있는 중이니 말이다.

가까운 거리가 아니었는지 차량이 한참을 이동했다.

이상하게도 이동을 하는 동안 호장민은 긴장된 안색으로 아무 말도 하지 않았다.

'천단 공원?'

이동을 하다가 중간에 지하로 들어섰는데, 위치를 파악하니 자금성 남쪽에 있는 천단 공원의 지하였다.

"다 온 것 같네."

"그렇군요."

차가 멈추자 호장민이 드디어 말을 꺼냈고, 곧바로 차문이 열렸다.

"난 여기까지밖에는 들어 올 수 없네. 아주 중요한 분이니 예의를 잃지 말게."

"알겠습니다, 형님."

일부러 긴장된 표정으로 호장민에게 대답을 한 후에 차에서 내렸다.

'한백옥으로 만들어진 지하구조물이라…….'

지하는 모두 한백옥으로 만들어져 있었다.

은은한 광채를 발하는 명주가 곳곳에 박혀 있어 신비로움을 한껏 고양시키고 있었다.

"저를 따라 오십시오."

조수석에 타고 있던 사나이가 앞서 안내를 했다.

용들이 정교하게 조각된 계단을 따라 한참 올라간 후 거대한 문을 지나니 망루가 나왔다.

"저는 여기까지입니다. 올라가 보십시오."

"알았소."

사나이가 자리를 피했고, 나는 망루로 올라갔다.

망루 위에서 바라보는 전경은 대단한 것이었다.

'지상의 천단 공원을 완벽하게 재현해 낸 모습이구나.'

지상에 있는 천단과 완벽하게 모양이 같은 건물들이 눈에 보였다.

건물들 모두가 한백옥으로 만들어져 있어 지상의 만큼 화려

하지만 않지만 백색의 서기가 퍼져 있는 모습이 장관이 아닐 수
없었다.

"정말 대단하구나."

"볼 만한가?"

나도 모르게 감탄성을 내뱉자 누군가 말을 걸었다.

뒤를 돌아보니 그리 크지 않은 키를 가진 백발의 노인이 나를
보고 있었다.

"저를 보자고 하신 분이 어르신이군요. 인사드리겠습니다.
주환이라고 합니다."

호장민이 말한 그 분이 분명한 것 같기에 정중히 인사를 했
다.

"하하하, 총명하다더니 나를 바로 알아보는군. 그래 천단을
본 느낌이 어떠신가?"

교묘하게 자신의 정체를 밝히지 않고 나에게 묻는다.

"꽤나 오래 전에 지어진 것 같은데 건물들은 물론이고, 나무
하나까지 모두 한백옥으로 만들다니 대단합니다."

"맞는 말이네. 대단한 구조물이지. 더군다나 중화의 정신이
서려 있으니 말이야."

"저를 보시자고 한 이유가 뭡니까?"

중화의 정신이니 뭐니 했지만, 나를 보자고 한 이유가 궁금해
물었다.

"성격이 급한 친구군. 하긴 아직 젊은 나이이니 그런만 할게야."

"죄송합니다."

"자네를 부른 이유는 중화의 기치를 세우는데 자네를 쓰기 위함일세."

"중화의 기치를 세우는데 저를 쓰다니 무슨 말이십니까?"

"말 그대로 일세. 나는 자네가 중화를 대표하는 거물이 되어주었으면 하네."

"도무지 모를 말씀만 하시는군요."

"돌려 말하지 않겠네. 세계의 경제를 호령하는 이가 되어 달라는 말일세."

"재계의 원로들도 계시고, 세계를 호령하시는 분들도 계신데 어찌 제가……."

"이런, 내가 말을 너무 잘라 먹었군. 내가 세계라고 말하는 것은 이곳 지구가 아니라 지구대차원에 연결이 된 세상 전부를 말하는 것일세."

"정말 되고 싶지만, 솔직히 제 능력으로 될지 의문이군요. 그리고 어르신이 제게 이런 말씀을 하시는 이유도 모르겠고 말이죠."

"내가 다른 이들을 나두고 자네에게 이런 말을 하는 것은 자네가 명의 황족이기 때문일세."

"제가요?"

화들짝 놀라며 반문했다.

"그렇네. 자네는 모르고 있지만 분명 주씨 황가의 사람이 맞네. 그렇지 않았다면 여기에 올 수도, 나를 만날 수도 없었을 걸세."

"뭐 그럴 수도 있겠습니다만, 솔직하게 말씀을 드려서 믿어지지는 않는군요."

이미 알고 있는 사실이지만 시큰둥하게 대답을 했다.

"믿기지 않겠지만 사실일세."

"그렇다고 해두죠. 그런데 저를 만나자고 하신 이유가 진짜 뭡니까?"

"아까 말한 대로라네. 자네가 승낙을 하기만 하면 우리는 자네를 지구대차원을 호령하는 존재로 만들어 줄 준비가 되어 있네."

"그렇습니까?"

"의심이 많은 친구로군."

"일방적인 호의는 끝내 화를 부르더군요."

"자네에게 바라는 단 하나뿐이네. 중화인으로서 정점에 선 존재가 되어 달라는 것 말이네."

"정말 그뿐입니까?"

"사실일세. 내 존재를 걸고 맹세를 하지."

"으음……."

"궁금한 점이 많을 줄은 알지만, 자네가 승낙하지 않는 이상 알려줄 수 없는 것들이 많아서 그런 것이니 이 정도밖에 설명을 해주지 못하는 것을 이해해 주게."

"존재를 거시고 맹세를 하시니 사실이라는 것은 알겠습니다. 하지만 저는 누군가의 도움으로 그런 자리에 올라서고 싶지는 않군요."

자존심이 상한 것처럼 보이기 위해 일부러 강한 기세를 흘렸다.

"하하하! 역시, 주씨 황가의 핏줄이로군. 알겠네. 자네가 그렇다면 지켜보도록 하지. 자네가 세상의 정점이 올라섰으면 좋겠군."

"노력해 보지요."

"이만 가보도록 하게. 그리고 노파심이지만 이곳에 대해서는 함구하도록 하게."

"그 정도는 알고 있습니다. 그럼."

인사를 한 후 뒤도 돌아보지 않고 망루를 내려와 차를 세웠던 곳으로 갔다.

벤이 떠나지 않고 대기하고 있었는데 내가 도착하자 안내했던 사나이가 문을 열어 주었다.

"그분이 무슨 제의를 했나?"

차에 올라타고 문이 닫힌 후 차가 이동을 시작하자 초조한 표정으로 앉아 있던 호장민이 물었다.

"저를 세상의 정점에 세워주겠다고 했지만 제가 거절을 했습니다."

"무슨 소리인가?"

"남이 세워주는 자리에는 앉고 싶지 않습니다. 자신이 노력해서 얻지 않은 것은 가치가 없으니 말입니다."

"그렇군. 역시 동생이야."

'역시, 시험이었군.'

호장민의 태도를 보면서 이번 만남이 나를 시험하기 위한 자리임을 알 수 있었다.

"그런데 그분은 도대체 누구십니까?"

"한마디로 말해 중화의 정점에 서 계신 분이네. 그분께서 패기에 찬 동생의 모습을 봤을 테니 앞으로 많은 도움을 주실 거네. 동생의 마음도 잘 알겠지만 그분의 주시는 호의는 받아들이게. 세상은 혼자 사는 것이 아니니 말이야."

"그런 것이야 상관없습니다. 어르신들의 조언과 호의는 젊은이에게는 보약이나 마찬가지이니 말입니다."

"하하하! 역시 동생이야."

"아닙니다. 젊은 치기죠."

"하하하하하! 내가 이래서 동생이 좋은 거야. 자신에 대해 정확히 알고 있으니 말이야."

호장민이 호탕하게 웃는 모습을 보니 시험은 잘 통과한 모양이다.

'내가 하는 일에 호의는 보낼망정 적어도 방해는 하지 않겠군.'

나에게 호의를 보였으니 도움을 줄 것은 분명하기에 최대한 활용해야 할 것 같다.

중국 내에 만들게 될 기반도 나에게는 아주 중요한 것이니 말이다.

'그나저나 그 존재는 뭔지 궁금하군.'

내가 만난 그 자는 아마도 중국 정부의 배후라고 일컬어지는 곳에 소속된 자가 분명하다.

갑작스러운 그와의 만남이었지만 그동안 궁금해 하던 것을 확인했으니 성과가 있었다.

배후가 존재하고 있다는 것을 확인한 것도 그렇고, 함부로 파고들 조직이 아니라는 것을 확인했으니 말이다.

내가 본 것이 본래의 모습인지는 모르겠지만 내가 만난 그 자는 적어도 S급 진성능력자였다.

그것도 한 가지가 아니라 다중의 능력을 보유하고 있는 멀티 능력자였다.

'그런데 그런 자가 누군가의 지시를 받고 있었지. 나와의 대

화도 그 누군가의 의도대로 이루어진 것이었고.'

망루 안에는 내가 본 자 말고도 심안으로도 정체를 확인할 수 없는 미지의 존재가 있었다.

'지금까지 그 누구도 심안을 피해가지 못했는데……'

아르고스와 연동된 심안으로도 누군지 알 수 없다는 사실이 충격이 아닐 수 없다.

'직접 나서서 움직이지는 않겠지만 혹시나 그럴 수도 있으니 앞으로 움직임에 신중을 기해야 할 것 같구나.'

이목의 중심에 서 있는 것 같으니 앞으로 최대한 조심해야 할 것 같다.

잠깐 생각에 잠겨 말을 하지 않고 있는데도 호장민은 말없이 그냥 앉아만 있다.

'어디 밑밥을 한 번 던져 볼까?'

"형님, 아까 2차 각성에 대해서 고민해 보라고 하셨죠. 도움도 주시겠다고 하시고 말입니다."

"그렇게 말했었지."

"오늘 그분을 만나고 나니 2차 각성을 하고 싶은 마음이 들었습니다."

"호오, 그래! 어째서 그런 생각을 한 건가?"

"차원 교역이 제 흥미를 끌었습니다. 새로운 세상에서 정점에 서는 것도 재미있을 것 같아서요."

"하하하, 역시 동생이야. 그렇다면 준비를 좀 해야겠군. 동생이라면 충분히 2차 각성을 할 테니 말이야."

"부탁드리겠습니다."

"하하하, 그래. 도움을 받을 때는 받아하는 거야."

활짝 웃는 것을 자신에게 도움을 요청한 내 말이 기꺼운가 보다.

호장민에게 도움을 요청한 것은 단순한 것이 아니다.

그 또한 중국 정부의 배후에 있는 조직의 일원이기에 도움을 바란 것이다.

뇌와 척수를 이식해 능력자를 보존할 정도의 기술력을 가진 중국이라 2차 각성을 위한 지원이 어떻게 진행이 되는 지 알 필요가 있으니 말이다.

차로 이동하며 호장민과 많은 대화를 나누었다.

전과는 달리 진짜 의동생을 대하는 느낌이 역력했다.

그리고 어느 새 차가 빌딩에 도착을 했다.

"오늘 시간을 내 줘서 고맙다. 준비를 끝내면 연락을 할 테니 전화 꼭 받고."

"알겠습니다, 형님."

"그럼, 올라가 봐라."

"먼저 가십시오."

"하하하, 그래."

호장민이 탄 차가 떠나는 것을 배웅하며 허리를 숙여 인사를 했다.

끼이익!

갑자기 차가 멈추고, 차문이 열리며 호장민이 나온다.

"환아!"

"예, 형님."

"보기 흉하니 앞으로 그렇게 배웅하지 마라."

"무슨 말씀인지 모르겠습니다, 형님."

"형제 사이에 손만 흔들어도 되는 것을 너무 격식을 차린 다는 뜻이다."

"그렇기는 하군요. 알겠습니다, 형님."

"그래. 이만 가보마."

호장민이 다시 차에 올라타고, 곧바로 출발했다.

'나에게 마음을 준 것 같군. 하지만……'

내가 자신이 속한 조직의 일원이라고 생각해 마음을 준 것 같지만 그와 같은 마음일 수는 없다.

호장민에게는 미안한 일이지만 나에게는 주어진 사명이 있으니 말이다.

손을 흔들어 준 후 곧바로 빌딩 안으로 들어가 맨션으로 올라갔다.

심안으로 주변부터 살폈다.

'이제 감시자도 사라졌군. 도청 장치도 없으니 이제 움직여 볼까?'

이제 게이트를 활성화시키는 작업을 비밀리에 진행하는 자들을 추적할 시간이다.

이제 안가로 가지 않아도 아르고스를 활용할 수 있다.

— 스킨 패널 접속! 아르고스 온! 출력 최대!

아르고스를 최대로 가동시켰다.

레드 섹션을 통해 얻은 정보들을 통해 그동안 분석해 본 자료를 통해 핵심에 접근해 있는 자들을 뽑아낼 수 있었다.

그렇게 분류된 자들이 각 채널을 통해 화면에 나타나기 시작했다.

'일단 저자부터 시작하자.'

내 시선이 닿은 화면에 나타난 자는 중국 국가안전부 6국의 국장인 진호양이다.

놈들을 추적하다 보면 내 움직임이 들킬 확률이 높기에 가장 핵심적인 진호양부터 시작하기로 했다.

키 170센티미터, 깡마른 체구에 안경을 끼고 있는 진호양은 양자역학의 권위자인 동시에 중국 내 게이트 연구의 선구자로 불리는 자다.

프리스턴 대학교에서 양자역학을 전공해 박사학위를 받았으며, 북경 대학교에서 교수 생활을 하다가 대변혁 이후에 국가안전부에 특채된 자다.

내가 진호양에게 관심을 갖는 이유는 그가 북경 대학교 교수 시절에 쓴 한 편의 논문 때문이다.

진호양은 그의 논문에서 지구대차원에 연결된 차원들의 에너지 동조 현상을 양자역학을 이용해 설명했다.

그가 주장을 한 것 중에는 차원 에너지가 전부 동조하는 것이 아니라, 일부는 전혀 다른 종류의 에너지라는 것이 있었다.

국가안전부에 특채된 것도 그렇고, 게이트 활성화 시 발생하는 이질적인 차원 에너지를 얻으려는 것에 진호양이 어떤 역할을 했을 것이 분명하기에 집중적으로 추적을 하기로 한 것이다.

화면에 나타난 진호양은 자신의 연구실에서 나와 집으로 가는 것이 아니라 차를 타고 어디론가 가고 있었다.

'저긴?'

진호양이 차를 멈춘 곳은 나도 익히 알고 있는 곳이다.

오늘 내가 다녀온 곳이니 모를 수가 없었다.

'으음.'

진호양이 지상에 있는 천단 공원으로 들어선 후 갑자기 사라졌다.

그와 함께 진호양을 비추던 화면이 뿌옇게 흐려졌다.

— 아르고스 재기동!

아르고스를 이용해 그의 모습을 보려고 다시 기동을 시켰지만 보이지 않는다.

'일반적인 인식 차단 장치가 설치된 것이 아니로군.'

아르고스를 차단할 정도로 강력한 결계가 쳐진 것이 분명하다.

진호양은 분명히 지하로 내려갔을 것이다.

역시나 외부에 노출된 자들 중에서는 진호양이 핵심이었다.

'호장민 덕분에 쉽게 배후가 있다는 것을 확인했으니 다음 단계로 넘어가도 문제는 없겠군.'

어찌 되었건 진호양이 배후 조직과 연결이 되어 있다는 것을 확인했다.

배후의 정체를 당장 확인하는 것은 어렵겠지만 진호양을 통해 다른 대차원과 연결하는 게이트를 활성화하는 이유를 알아낼 수 있을 테니 내가 중국에 온 목적은 완수할 수 있을 것 같다.

다른 때보다 늦게 집으로 돌아 온 진호양은 늦은 저녁을 먹기 위해 냄비에 물을 들여놨다.

중한전쟁이 끝난 후 5년이 지나고 국교가 재개되었을 때부터 수입이 되기 시작한 라면을 끓이기 위해서다.

'후후후, 라면은 역시 한국이지.'

끓는 물을 부어서 익혀 먹는 중국 라면인 포면은 질감도 그렇고 국물도 깊은 맛이 나지 않는다.

인스턴트 라면의 원조라는 일본 라면은 밍밍하고 싱겁지만 한국산 라면은 달랐다.

매콤하게 입안을 자극하는 얼큰한 국물 맛과 면발의 조화가 일품이었다.

스프를 넣고 물이 끓자 면을 넣은 후 마도 네트워크를 통해 배운 대로 찬 공기를 씌워주기 위해 면발을 들어 올렸다.

"스읍!"

군침을 삼키며 면발에 공기를 씌워 주던 진호양은 그동안의 경과를 보고하기 위해 천단으로 이동하던 도중에 들었던 뉴스가 생각이 났다.

공업용 약품과 마법으로 사람이 먹지 못하는 음식 재료를 만들어 오던 일당들이 체포되었다는 소식이었다.

'옛날보다 많이 좋아졌다고는 하지만 아직도 멀었어. 그런 것도 제대로 감독하지 못하면서 중화라니……'

요즘 들어서 더욱 잦아진 회의감에 진호양은 머리를 흔들었다.

대변혁이 후 자신의 본질을 알게 되었다고는 하지만 인간의 욕심이 그것을 누르는 것은 여전했다.

특히나 사회주의 국가인 중국은 그 정도가 심했다.

미국에서 유학을 하며 자유와 민주주의, 그리고 철저한 도덕성을 경험했던 터라 지금 자신이 하고 있는 일에 대해 혐오감에 젖어 있는 상태였다.

목적을 위해서 아무렇지 않게 인간을 소모품으로 처리하는 조직의 행태에 넌덜머리가 난 것이다.

오늘처럼 경과를 보고하고 오는 날이면 조직의 첫 번째 타도 대상인 한국에서 만들어낸 라면을 끓여먹는 것도 그 때문이다.

그것이 자신이 할 수 있는 최소한의 반항이었다.

'생각해 봤자 골치만 아프니 라면이나 먹자.'

라면이 다 익은 것을 확인한 진호양은 냄비를 들고 식탁으로 갔다.

후르르륵! 쩝! 쩝!

진호양은 매콤한 국물이 스며 든 면발을 빨아 마시듯 먹기 시작했다.

배가 고프기도 했지만 매콤함이 쌓였던 스트레스를 해소시켜 주기에 두 개나 끓였던 면발이 어느새 사라지고 없었다.

진호양은 자리에서 일어나 밥통으로 가서 아침에 해놓은 식은 밥을 푼 후 식탁으로 돌아와 익숙하게 밥을 말았다.

한국산과는 품종이 다른 터라 밥을 해놓으면 푸석푸석하지만 말게 되면 국물이 잘 스며들어 맛있어 지는 터라 진호양은 정신

없이 밥을 먹었다.

'김치가 있었으면 더 좋았을 텐데…….'

미국에서 공부하던 대학 시절 한국에서 유학을 온 친구 때문에 맛을 들인 라면과 김치였다.

매콤하고 짭조름한 라면과 김치가 내는 신맛의 조화는 가히 환상의 궁합이었기에 오늘 같이 스트레스를 많이 받으면 김치가 더 생각이 났다.

아쉬운 생각을 접고 빈 냄비를 든 진호양은 싱크대로 가서 설거지를 했다.

'그나저나 타클라마칸의 작업이 실패했는데 차원 에너지를 주입할 준비를 하라니, 새로운 대상자를 찾아내기라고 한 것인가?'

오늘 받은 지시는 차원 에너지를 주입하라는 것이었다.

그것도 연결된 대차원의 것이 아닌 다른 대차원의 차원 에너지였다.

'대상자를 구하는 것이 만만치 않을 텐데…….'

차원 에너지를 주입할 대상을 선정하는 것은 게이트에서 차원 에너지를 뽑아내는 것보다 신중하게 진행이 된다.

중화라는 조직의 기치를 최대한 실현할 자를 고르기에 모든 면에서 완벽한 자가 아니면 선택되지 않는다.

지금이야 적합한 대상자에게 차원 에너지를 모두 주입해서 저장해 둔 것이 없지만 예전에는 그렇지 못했다.

대상자를 찾을 수 없어 쌓아만 두고 있었고, 여러 가지 문제가 생겼기에 주입할 대상자가 선정된 후 게이트를 열고 있었기에 누구인지 궁금하지 않을 수 없었다.

'어차피 이번 작업을 끝으로 나는 사라질 테니 상관은 없지만……'

오랫동안 중국을 떠날 준비를 해왔다.

하늘 위의 하늘이라는 조직의 눈을 피하는 것이 어려웠지만 이미 모든 준비가 끝났기에 마음을 굳혔다.

마지막 작업이 끝난 후 중국을 떠나 친구의 도움으로 원하던 삶을 살아가면 그만이었다.

'정리를 좀 하고 잠이나 자자.'

양치를 하고나서 침대에 올라 앉아 노트북으로 게이트 활성화 작업을 위한 로드맵을 그렸다.

'이번이 마지막이니 한 번 시도해 볼까?'

대충 작업 끝마친 진호양은 오랫동안 고민하던 것에 생각이 미쳤다.

그것은 바로 카오스 형태의 차원 에너지를 수집하는 새로운 방법이었다.

카오스 형태의 차원 에너지를 얻기 위해 그동안 연결되지 않은 대차원의 게이트를 생성하는데 전력을 기울여 왔다.

연결되지 않은 대차원과의 게이트를 여는 것이 가장 많은 에너지를 얻을 수 있기 때문이기는 하지만 아주 위험한 작업이었다.

게이트가 활성화되기 전에 미지의 조직에게 걸려 관련자들이 전부 제거되는 것이 다반사였기 때문이다.

'더군다나 카오스 형태의 차원 에너지가 너무 불안정해서 자칫 붕괴를 불러올 수도 있고 말이야.'

간혹 미지의 조직에게 들키지 않고 게이트를 여는 것이 성공을 하기도 했지만, 카오스 형태의 차원 에너지를 수집해 저장하는 것은 쉽지가 않았다.

저장은 할 수 있지만 에너지 흐름이 불규칙해져 게이트가 붕괴되어 버리면서 근처의 생명체들을 전부 소멸시키기 때문이었다.

열었던 게이트 중에서 카오스 형태의 차원 에너지를 수집해 안정적으로 저장할 수 있었던 것은 1퍼센트도 채 되지 않았을 정도로 성공률이 극악이었다.

'후후후, 하지만 내가 생각한 방법이라면 충분히 성공할 수 있다.'

몇 년 전에 마법과 관련한 정보를 얻기 위해 브리턴으로 가는 차원 게이트를 넘으면서 한 가지 아이디어를 얻었다.

몇 차례 측정 실험을 한 결과, 안정된 게이트에서도 극소량이

나마 카오스 형태의 차원 에너지가 발생하는 것을 확인했다.

진호양은 그동안 지구대차원과 연결된 차원의 게이트가 활성화될 때 카오스 형태의 차원 에너지를 얻을 수 있는 기술을 개발해 오고 있었다.

카오스 형태의 차원 에너지를 완벽하게 저장하는 기술은 이미 확보 상태라 프로토 타입으로 개발한 증폭 기술이 성공하면 안정적으로 차원 에너지를 수집할 수 있을 것이다.

이번을 끝으로 차원 에너지에 대한 연구는 접을 생각이었기에 유종의 미를 거두고 싶었다.

개발한 증폭 기술이 성공만 한다면 자신의 연구가 완성되기 때문이었다.

'마지막 실험에서 실패한 원인을 찾아내 보완을 했으니 이번 기회에 실험을 해보자. 중국을 떠나면 이런 기회는 다시 없을 테니까.'

비록 다른 대차원에 연결되는 것이지만 이번에 열 게이트는 규모가 그리 크지 않아 증폭기술을 시험해 보기에 적당했다.

불안정한 게이트에서 발생하는 카오스 형태의 차원 에너지를 안정적으로 증폭할 수 있다면 성공이었으니 말이다.

'그 친구에게 좋은 선물이 될 수도 있고 말이야.'

결심을 굳힌 진호양은 추가 실험을 하기 위해 준비를 하기 시작했다.

중요한 것은 절대 기록으로 남기지 않는 진호양은 며칠 뒤에 있을 게이트 활성화 작업을 생각하며 실험을 위한 계획을 머릿속에 그려 나갔다.

❖　　　❖　　　❖

아주 재미있는 자다.

대한민국이라면 이를 가는 조직에 속해 있으면서 한국산 라면을 집에서 대놓고 끓여 먹고 있다니 말이다.

더군다나 밥을 말아 먹는 방식이 완전히 한국식이다.

"성향을 한 번 조사해 볼 필요가 있겠군."

지금까지 진호양에 대한 조사는 중국 내로 국한이 되어 있었다.

이전에는 그가 어떤 삶을 살아왔는지 자세하게 알아볼 필요가 있었다.

'미국 프리스턴 대학교에서 유학을 했으니…….'

중국에서 재학하던 시절부터 시작해 미국에서의 유학시절을 집중적으로 파고들었다.

"이야! 기숙사 룸메이트가 그분이었다니…….."

나에게 프로토 타입의 비공기를 주신 분이 바로 진호양의 룸메이트였다.

"한국산 라면을 먹는 것도 그렇고, 그분 때문에 성향이 바뀌었나 보군."

진호양이 한때 운영하던 블로그는 이미 사라지고 없지만, 그분의 블로그에서 진호양과 함께 했던 것들을 찾아낼 수 있었다.

진호양은 중국에서 재학하던 시절에는 내성적이며 수학을 좋아하던 학생이었지만, 유학을 하며 달라졌다.

자유롭게 자신의 의견을 표출하고, 여러 가지 동아리 활동을 적극적으로 참여하는 아주 진취적인 학생이었다.

그런 그의 곁에는 언제나 그분이 있었다.

진호양의 성향이 변한 것은 그분의 영향이 컸던 것 같다.

"그나저나 잘 계신지 모르겠군."

문득 그분이 잘 계신지 궁금해졌다.

한국이 낳은 천재 과학자이자 불굴의 화신이라 불리는 분이다.

결혼을 하고 아들을 낳은 뒤 늦은 나이에 공부를 시작해 검정고시로 대입 검정을 마친 후에 프리스턴 대학교에 입학을 했다.

입학을 할 때는 에세이 덕분에 간신히 들어갔지만, 그분의 유학생활은 남달랐다.

물리학을 전공하면서 교수들을 놀라게 하는 논문을 여러 편 발표하면서 수석으로 조기 졸업 자격을 획득했다.

그러고도 학교에 남아 여러 학과 과정을 공부해 물리학을 비롯해 생리학, 유전공학, 컴퓨터 공학 박사 학위까지 취득했다.

가히 천재라고 할 만한 일이었지만 그보다 더 놀라운 것은 그분이 누구나 인정하는 만능 스포츠맨이었다는 것이다.

공부에 매진하면서도 동아리 활동으로 여러 가지 스포츠를 섭렵했는데, 축구와 야구, 농구 등 프로 스포츠에서 스카우트에 열을 올릴 만큼 대단한 실력을 가져서 프리스턴 대학교의 전설로 불릴 정도였다.

"박 장관님께 연락을 한 번 해볼까?"

통합 대한민국의 응용과학부 장관인 터라 매우 바쁜 생활을 하고 있어서 시간이 날지 모르겠지만 연락을 하는 것은 어려운 일이 아니다.

그분께서 딸과 함께 테러범들에게 인질이 되었을 때 구출해 준 후 주신 것이 있으니 말이다.

"…저건!"

그때, 진호양이 노트북으로 작업을 하는 것이 보였기에 박준호 장관님에 대한 생각을 접어야 했다.

화면에 비친 모습을 보면 게이트를 활성화하기 위한 사전 작업임에 분명했기 때문이다.

정신을 심중해 심안을 강화하니 노트북의 화면이 모니터에 떠올랐다.

"일정을 보면 적어도 한 달 이내에 게이트를 열겠구나."

준비 과정이 기록되는 것을 보면서 게이트를 여는 것이 머지 않았다는 것을 알 수 있었다.

"물자를 비축하는 장소가 북경인 것을 보면 게이트가 열리는 곳이 그리 멀지 않은 것 같군."

어떻게 해서든지 막아야겠다는 생각에 생각을 정리했다.

"이건?"

어느 정도 작전 계획이 수립되어 가고 있었는데 이상한 느낌이 들었다.

노트북을 한쪽으로 치워 놓은 진호양에게 알 수 없는 기운이 흘러나오고 있었기 때문이다.

"저자, 정신계 진성능력자다."

원소계나 강화계 같은 진성능력자를 지켜볼 때는 한 번도 저런 느낌을 받은 적이 없었다.

더군다나 머리를 중심으로 돌고 있는 에너지 흐름을 보면 정신계 진성능력자가 분명했다.

"내 심안으로도 알아차리지 못하고, 머리를 중심으로 에너지 흐름이 저렇게 강력한 것을 보면 절대 일반적으로 알려진 정신계 진성능력자가 아니다."

심안을 진호양의 신체에 집중했다.

그리고 그가 가진 능력에 대한 윤곽을 어느 정도 파악할 수 있었다.

'에너지가 움직이는 형태를 보면 나와 비슷한 계열의 능력을 가진 것일지도 모른다.'

에너지 흐름만으로 볼 때 뇌를 활용하는 능력을 가진 것이 분명했다.

그렇지만 주변에 무신경한 것을 보면 나처럼 본질을 보는 것이 아닌 것은 확실했다.

'노트북에다가 작성했던 것과는 다른 생각을 하고 있는 것은 분명하다. 그리고 저런 흐름은 언젠가 본 적이 있는 것 같은데…….'

진호양의 머리 쪽에서 흐르는 에너지 흐름에 주목하면서 비슷한 패턴을 본 적이 있다는 것을 깨달았다.

'아! 그분하고 비슷하다. 머릿속으로 시뮬레이션을 해본다고 하셨을 때와 비슷한 흐름이다.'

게이트 활성화에 필요한 일정이 적혀 있는 노트북을 한쪽으로 치워 놓은 것도 그렇고, 에너지 패턴을 보면 뭔가를 계산하고 있는 것 같다.

에너지의 변화 속도가 아주 빠른 것을 보면 아주 복잡하기 그지없는 연산을 하고 있는 것이 분명하다.

'머릿속으로 게이트를 여는 것에 대해서 시뮬레이션 하는 걸까? 저리 심각한 표정을 짓고 있는 것을 보면 아닌 것도 같은데 말이야.'

그동안 게이트가 활성화되는 것을 막지 못한 적도 몇 번 있었고, 탐지하지 못한 것도 있었다.

게이트를 활성화시키는 것을 몇 번이나 성공한 적이 있으니 저렇게 심각한 표정을 지으며 시뮬레이션을 해볼 필요는 없을 터라 진호양이 무엇을 하는지 궁금했다.

'아무래도 만나봐야겠군.'

감시가 없어진 첫날이라 오히려 기회가 될 수 있을 지도 모르는 터라 진호양을 찾아가기로 했다.

곧바로 엘리베이터를 타고 지하 주차장으로 내려갔다.

별도 차고에 주차되어 있는 차는 몰 수가 없어서 일반 주차장에 세워 두었던 차에 올라탔다.

위장용으로 구입한 중고차로, 짙게 선팅이 되어 있고 어둠이 내린 터라 잠깐은 눈을 속일 수 있을 터였다.

제 9 장

차를 운전해 진호양의 거처가 있는 곳 근처로 움직였다.

대한민국의 S급 진성능력자들이 아직 중관춘을 떠나지 않은 탓인지 아직도 중국 쪽 진성능력자들이 곳곳에 포진해 있는 것이 느껴진다.

'만곡으로 휘어진 활의 시위처럼 기장감이 팽배한 것을 보면 조만간 일이 벌어지겠군.'

진성능력자들의 기세가 심상치 않다.

일반인들에게 노출되어 상황이 심각해지는 것을 우려해 자제하던 모습은 사라지고 없었기에 조만간 큰일이 벌어질 것이 분명해 보였다.

'일단 확인부터 하자.'

진호양의 거처에서 멀지 않은 곳에 도착한 후 건물 사이의 골목길로 들어가 전투 슈트를 활성화시켰다.

'S급 능력자들이 역장을 펼치는 지역이 아니라서 다행이군. 우선 진호양 주변에 있는 자들부터 처리하자.'

진호양에 대한 감시와 경호가 동시에 이루어지고 있었다.

그를 만나기 위해서는 그가 사는 곳 건너편에 위치한 아파트에서 24시간 상주하며 감시를 하고 있는 자들과 바로 옆집에서 경호를 하고 있는 자들부터 처리를 해야 한다.

팟!

외벽을 타고 옥상으로 올라간 후 다른 건물을 향해 도약을 했다.

고양이처럼 소리 없이 착지한 후 다시 도약을 해서 다른 건물로 이동을 하며 진호양이 사는 아파트 단지 옆 건물에 도착할 수 있었다.

팟!

사사사삭!

힘껏 도약해 아파트 베란다 난간을 잡은 후, 거미가 움직이듯 감시자들이 있는 곳으로 향했다.

놈들이 있는 층에 도착해 심안을 펼쳤다.

'으음. 한 놈은 자고 있고, 두 놈은 술을 마시고 있군.'

진호양의 바로 옆집에 경호팀이 있어서 그런지 감시자들이 임무를 등한시하고 있으니 나에게는 잘된 일이다.

'진성능력자지만 등급이 낮은 놈들이니 계획한 대로 진행하면 되겠군.'

인식 차단 장치를 가동하고 있는 것 때문인지 알아차리지도 못하고 아주 태평하게 술을 마시고 있다.

폭!

손가락 끝에 에너지 블레이드를 만들어 유리창의 분자 구조를 변형시켜 구멍을 뚫었다.

전투 슈트에 달린 포켓에서 마이크로 로봇을 꺼내 구멍으로 들여보냈다.

마이크로 로봇은 장호를 구할 때 놈들의 아지트에서 가지고 온 것들을 개조한 것이다.

무색무취의 강력한 정신 계열 수면 가스를 살포할 수 있어서 사람들을 납치하는 데 쓰였던 것들이다.

픽! 픽!

술을 마시던 놈들이 그대로 쓰러지며 작은 소음을 냈지만 방에서 자고 있던 놈은 미동도 하지 않는다.

그놈 또한 수면 가스에 중독이 상태가 분명했다.

'일단 감시자를 처리했으니⋯⋯.'

마이크로 로봇을 곧바로 회수하고 유리창을 원상태로 회복시킨 후 움직였다.

진호양의 옆집에 있는 경호원들도 처리해야 하기에 옥상으로 올라가 곧바로 건너편으로 뛰었다.

'지금부터는 조심해야겠군. 감시하던 자들과는 차원이 다른 놈들이니까.'

심안을 열어 살펴보니 최소한 B급은 되어 보이는 진성능력자 둘이 집 안임에도 전투 슈트를 입고 대기하고 있었다.

스르르르.

빙판을 미끄러지듯 아프트 외벽을 타고 놈들이 있는 층으로 내려갔다.

전투 슈트의 손바닥에 미세한 돌기가 돋아나 있어 소음을 흘리지 않고 놈들이 머무는 곳 까지 갈 수 있었다.

'이놈들은 수면 가스 만으로는 처리하기 곤란하니⋯⋯.'

전투 슈트에 달린 필터 때문에 수면 가스는 효과가 없다.

놈들의 신체에 직접 주입하지 않으면 소용이 없기에 이번에도 내가 개조한 마이크로 로봇을 쓰기로 했다.

포켓에서 개조한 마이크로 로봇을 꺼냈다.

폭!

푸슛

에너지 블레이드로 분자 구조를 변화시켜 구멍을 뚫는 것과 동시에 손안에 쥐고 있던 마이크로 로봇이 총알처럼 튀어 들어 갔다.

쿵! 쿵!

상황을 알아차리고 움직이려던 진성능력자 두 명이 그대로 쓰러진다.

유도미사일처럼 날아간 마이크로 로봇의 전투 슈트를 뚫고 마취약을 주입했기에 벌어진 현상이었다.

전투 슈트 안에 있는 능력자에게 정신 계열의 환상이 작용하는 마취약을 주입하고 곧바로 소멸해 버리는 터라 개조한 마이크로 로봇은 회수할 필요가 없다.

전투 슈트도 자가 복구 기능이 있는 터라 마이크로 단위의 구멍 정도는 곧바로 복구될 터였다.

구멍을 원상태로 회복시키고 곧바로 베란다 쪽으로 이동을 해서 진호양이 살고 있는 곳으로 갔다.

'부수지 않아도 되겠군.'

다행이 창문을 닫지 않아 손쉽게 집안으로 진입할 수 있었다.

'으음, 알아차렸나 보군.'

누군가 집안으로 침입했다는 사실을 진호양이 알아차린 모양이다.

정신계 진성능력자라서 그런지 신체적 무력이라고는 거의 없는 진호양이지만 공격 수단이 없는 것은 아니다.

집안으로 들어서고 곧바로 머리가 어지러운 것을 보니 정신 계열의 공격이 나에게 쏟아지는 것이 분명했다.

'상당한 편이군.'

물리적 공격이라면 몰라도 정신계 공격은 심연의 심안을 가진 나에게는 어린아이의 장난에 지나지 않는다.

그렇지만 다른 진성능력자들이라면 진호양의 공격은 상당히 곤란할 정도의 힘을 가지고 있다.

파동이 세기로 봐서는 뇌를 곤죽으로 만들어 버릴 정도는 되는 것 같으니 말이다.

'일단 거추장스러운 것들부터 제거하자.'

파츠츠츠츠!

에너지 파동을 일으켜 집안 곳곳에 설치되어 있는 감시 장치에 보내자 여기저기서 스파크가 튄다.

망가트린 것이 아니라 감시 장치 주변에 에너지 파장을 만들어내서 내부에서 발생하는 신호를 아예 잡지 못하도록 만든 것이다.

아무런 정보도 표시되지 않겠지만 아까 잠재운 감시자들이 있는 곳에 신호를 수집하는 패널에 있어서 이상이 생겼다는 것을 알아차린 이는 없다.

딸칵!

"이곳에 왜 온 건가?"

자신의 정신 공격이 소용이 없다는 것을 알아차린 진호양이 침실 문을 열고나오며 묻는다.

'머리 회전이 정말 빠른 자로군.'

집안에 있는 감시 장치들이 무용지물이 된 것을 보고 자신을 해치려 하는 것이 아니라는 것을 알아차린 것 같다.

무엇보다 자신이 한 정신 공격을 아무렇지 않게 막아내는 것을 보면서 쓸데없는 반항은 소용이 없다는 것을 알았을 차렸을 수도 있다.

"좀 앉아도 되겠습니까?"

"창문으로 들어 온 것이로군. 나를 찾아온 손님이 분명하는 것 같으니 어서 자리에 앉게."

전투 슈트를 입고 있음에도 주눅이 들지 않고 자리를 권하며 소파에 앉는다.

보기보다는 당찬 분이라는 생각이 들었다.

"나에 대해서는 이미 알고 온 것 같은데, 대한민국에서 온 건가?"

"왜 제가 대한민국에서 온 것으로 생각하시는 겁니까?"

"내가 무슨 일을 하고 있는지 알아내고 방해할 수 있는 자를 보내올 곳은 오직 하나뿐이라서 그러네. 조직을 제외하고 이 밤중에 전투 슈트를 입고 찾아올 손님이라면 대한민국뿐이니까 말이야."

"잘 알고 계시군요."

"그런데 자네 말투가 조금 이상하군. 처음 보는 것 같은데 어째서 나에게 존대를 하는 건가?"

이분에게 처음부터 존대를 한 것에는 이유가 있다.

심안이 잠깐 사라졌다고 느꼈다가, 사라지지 않았다는 것을 알게 된 후 내 본질인 심안이 변했다.

그리고 오늘, 진호양을 직접 본 후 그 변화의 폭이 엄청나다는 것을 깨닫고 무척이나 놀랐었다.

심안으로 연결된 아르고스로도 파악을 하지 못했던 이분의 속마음을 알 수 있었기 때문이다.

정신계 능력자라서 내 심안과 동조가 일어났기 때문에 가능한 일이었다.

진실을 알게 된 이상 박준호 장관님의 친구이시기도 한 이분을 적으로 대할 수는 없었기 때문에 존대를 했던 것이다.

"저보다 연배시니 당연한 일입니다, 선생님."

"후후후, 그런가? 그래, 나에게 무슨 볼일이 있어서 찾아 온 건가?"

"게이트를 활성화하는 것을 막으려고 했지만, 이제는 그럴 필요가 없을 것 같습니다."

"그건 또 무슨 소리인가?"

"선생님께서는 기회를 봐서 대한민국으로 망명을 하실 생각이 아니셨습니까?"

"으음, 자네도 정신계 진성능력자인가?"

이분의 질문에는 많은 것이 함축되어 있다.

그동안 일을 해온 것을 보면 자신이 속한 조직에서 그 누구도 알 수 없었던 것 같다.

그만큼 뛰어난 능력을 가졌는데도 내가 자신의 생각을 알아차린 것이 놀라운 모양이다.

"선생님의 생각을 알 수 있는 정도는 됩니다."

"도저히 믿을 수 없는 이야기군. 정신 계열의 진성능력자 중에서 S급이 나오다니 말이야."

지금까지 나타난 S급 진성능력자는 전부 강화계와 원소계의 진성능력자다.

정신계열에서는 알려지지 않은 이들 중에 S급 있을지 모르겠지만, 정신계 진성능력자들 중에 최고 등급은 지금까지 A급이었다.

정신에 걸리는 차원 에너지의 압력을 버틸 수 없어서 A급을 넘어가면 미치거나 머리가 터져 죽었기 때문이다.

1차 각성만으로 이런 능력을 발휘하는 터라 나도 믿을 수가 없기에 S급 진성능력자로 착각하는 것을 굳이 해명하지 않았다.

"앞으로 어떻게 하실 생각이십니까?"

"마지막으로 딱 한 번 게이트를 활성화시킨 후에 떠날 생각이네."

"선생님을 만나로 오면서 보니까 감시를 하더군요. 선생님께서는 다른 대차원을 연결할 수 있는 능력을 지니셨으니 중국을 빠져나가기가 그리 쉽지는 않을 겁니다."

"다른 때와는 달리 이번 작업이 끝나면 장기 휴가를 갈 생각이네. 나에 대한 감시가 강해질 테지만 자네도 알고 있다시피 정신계 진성능력자인 내가 마음만 먹는 다면 빠져나가는 것은 아주 쉬운 일이네."

"그렇기는 하겠군요."

그리고 이분은 다른 계열의 S급 진성능력자들을 속일 정도의 탁월한 정신계 진성능력자다.

타성에 젖어 있는 감시자와 경호원들 정도는 간단히 세뇌를 할 수 있을 테니 충분히 빠져 나갈 수 있을 것이다.

"하지만 빠져나간 후가 문제일 것 같습니다. 선생님의 소재를 알게 된다면 가만히 있을 자들이 아닌 것 같으니 말입니다."

"그건 걱정하지 않아도 될 걸세. 도와줄 사람이 있으니 말이야."

"도와줄 사람이요?"

"대한민국에서 아주 막강한 힘을 가진 친구가 나를 도울 걸세."

박준호 장관을 말하는 것이 분명하다.

"그렇다면 다행이군요."

"사실 오늘 자네가 나에게 찾아온 것은 아주 의외였네. 그동

안 나에 대한 정보가 새나가지 않도록 그 친구가 철저히 감추어
주고 있었는데 말이야."

대한민국에서 이분과 접촉하는 사람은 박준호 장광님이 유일
한 것 같다.

"선생님과 그분 사이에 뭔가 있군요?"

"자네가 나보다 더 강한 능력자라 강제로 알아내려고 한다면
소용이 없겠지만 그 친구와의 일은 비밀이라 더 이상은 대답하
지 않겠네."

"알겠습니다. 저에게 필요한 것도 아니니까요. 이제 그만 가
보겠습니다. 하지만 혹시라도 도움이 필요하실 수도 있으니 저
에게 연락할 방법을 알려드리죠."

"위험하네. 내가 연락을 취하다가 자네도 위험해 질 수도 있
으니 말이야."

"놈들이 알 수 없고, 티도 나지 않는 방법이 있습니다."

"S급 진성능력자들이 수두룩한데 그들을 속이고 연락할 수
있는 방법이 있나?"

"있습니다. 바로 아실 테니 손을 제게 좀 주십시오."

"여기 있네."

나를 믿는 것인지 스스럼없이 손을 내미시기에 스킨 패널을
이용해 심안의 의지 중 일부를 몸에 남겼다.

"으음, 이거라면 내가 연락을 하는지 아무도 알지 못하겠군.

정말 대단하네. 아무런 피해도 주지 않고 타인의 의식에 자신의 의지를 새길 수 있다니 말이야. 이런 능력은 S급 진성능력자가 되면 가능한 일인가?"

"각자 특성이 있으니 그건 모르겠습니다."

"그렇군."

"그럼, 이만 가보도록 하겠습니다."

"잠깐 기다리게."

인사를 하고 밖으로 나가기 위해 창문을 향해 가려던 나를 붙잡으신다.

"왜 그러십니까? 선생님."

"자네, 게이트가 열리게 되면 그곳으로 올 건가?"

"제 사명이기도 하니 아마도 그냥 둘 수는 없을 것 같습니다."

"그렇군. 알겠네. 그럼 한 가지는 알아두고 가게. 그걸 알아야 게이트를 닫는 것이 쉬울 테니 말이야. 자네 손을 이리 줘보게."

선생님의 손을 잡자 정보가 쏟아져 들어온다.

나와는 다른 방식이지만 아리의 전이만큼이나 꽤 효율적인 방법이다.

"정보는 다 받았나?"

"예, 다 받았습니다."

"잘 활용하게. 그리고 자네를 믿겠네."

"알겠습니다. 그럼."

곧바로 창문을 통해 집을 나왔다.

얼마 있지 않아 잠이 든 자들이 깨어날 것이기에 건물 옥상을 건너 뛰어 곧바로 차를 주차해 놓은 곳으로 갔다.

차에 탄 후 전투 슈트를 해제하고 시동을 건 후에 창투로 향했다.

'한 가지가 아니라 전부를 알려 주신 것 같군.'

선생님이 내게 전한 정보는 열려고 하는 게이트에 대한 것만이 아니었다.

그동안 당신이 해왔던 것들 전부를 나에게 전해주었다.

장호와 관련이 있는 납치 사건에 대해서는 모르는 것을 보면 게이트와 관련된 것만 참여하신 것이 분명했다.

'이번에 하시려는 것은 카오스 형태의 차원 에너지를 증폭시키는 실험이군. 게이트를 여는 것뿐만 아니라 닫는 방법까지 알려 주신 것을 보면 확실히 이번 일을 끝내고 중국을 떠날 실 생각이구나.'

나에게 자신이 가진 모든 정보를 넘긴 것은 일종의 유언이나 마찬가지다.

만약의 사태를 대비해 드미트리가 내게 남긴 유언처럼 자신이 전해준 정보를 대한민국에 전해 주기를 바란 것이다.

'염려하시는 일은 일어나지 않으실 겁니다.'

내가 무사히 중국을 벗어날 방법을 마련할 테니, 선생님이 화를 당하실 일은 거의 없을 것이다.

선생님의 유일한 친구이신 박 장관님을 슬프게 해주고 싶지도 않고 말이다.

◆　　　　◆　　　　◆

성찬이 돌아가고 난 뒤 젊어 보이는 사나이가 망루에 올랐다.

"어르신, 그 친구를 동참시키실 생각이십니까?"

한백옥으로 만들어진 천단을 바라보고 있는 헌원화를 향해 시영후가 공손히 물었다.

"그렇게 할 생각이다."

"하지만 대륙천안에 대해 아무것도 알지 못하는데 동참을 시켜도 괜찮겠습니까?"

"하하하, 우리 일에 직접적으로 참여하지 않더라도 그런 기개가 있는 젊은이라면 도움을 주는 것도 나쁘지 않은 일이라고 생각하는데 말이야."

"하지만 진성능력자로 각성하는 일입니다."

"걱정하지 마라. 활성화시키도록 지시한 게이트에서는 그 정도의 에너지를 얻을 수는 없을 테니 말이다."

"다른 대차원과 연결되는 게이트인데도 그 정도밖에 안 되는 겁니까?"

"내가 말하지 않았나. 그저 도움을 줄 뿐이라고 말이야."

"그러시다면 저도 찬성입니다."

시영후가 고개를 끄덕였다.

국가 주석의 아들임과 동시에 국가안전부의 수장인 시영후이지만 헌원화의 결론을 깍듯이 인정했다.

국가 권력의 중심에 있지는 않지만 헌언화 가진 힘은 중국 전체를 뒤엎고도 남음을 알고 있었기 때문이다.

더 이상의 반론은 그의 노여움을 불러 올지도 몰랐다.

"그나저나 네가 거느리고 있는 5국장이 장기 휴가를 신청했다고?"

"그렇습니다. 어르신. 5국에서 일하는 동안 한 번도 휴가를 간 적이 없었습니다. 이번 일이 끝나면 조금 쉬고 오겠다고 하더군요."

"휴가를 주는 것이야 자네 소관이라 뭐라 말하지 않겠지만, 5국장은 속을 알 수 없는 자이니 감시를 게을리 하지 말게."

"그렇지 않아도 추가로 사람을 딸려 보낼 생각입니다."

"누구를 보내려고 하나?"

"악진을 보낼 생각입니다. 그녀석도 휴가를 아주 오랫동안 가지 않아서 말입니다."

"하하하, 그녀석이 따라 간다면 안심이 되겠군."

대륙천안에 속해 있어 세상에 알려지지 않은 S급 능력자 중에 하나가 바로 악진이다.

2차 각성을 통해 자신의 본질인 신속의 바람이라는 본질을 강화시킨 악진은 가히 풍신에 버금가는 능력을 지녔기에 어느 정도 안심이 되었다.

"그나저나 철거 작업은 아직도 멀었나?"

"아주 철저하게 무너트리기도 했고, 마법진을 통해 만들인 터라 잔해에서 마나가 흘러나오고 있어서 치우는 것이 그리 쉽지는 않습니다.

"그렇기는 하겠지."

헌원화가 고개를 끄덕였다.

다른 차원인 브리턴에서 가져온 마법 재료로 만들어진 마법진에서 흘러나오는 마나가 문제가 될 것이다.

성지라 여겨지는 곳에서 각성한 진성능력자들은 모르겠지만 자신들이 각성시킨 자들은 마나로 인해 에너지를 교란이 일어나기 때문이다.

"그래도 진척이 생각보다는 빠른 편이라 모레 새벽이면 입구까지는 잔해를 치울 것 같습니다."

"그건 다행이로군. 안으로 들어가서 캡슐을 발견하게 되면 노출되지 않도록 조심해라."

"염려하지 마십시오."

헌원화는 시영후의 대답에 고개를 끄덕였다.

"알았다. 믿도록 하지. 그리고 안방으로 들어 온 바퀴벌레들은 어떻게 됐나?"

"하이텐구를 벗어난 것으로 보입니다."

"추적은 붙였나?"

"놈들은 자신들에게 추적이 붙었다는 것도 모를 겁니다."

"지금까지 방해를 해온 놈들에 대한 조치는 이미 취하고 있으니 괜찮다만, 놈들이 문제다. 아직까지 실체가 파악이 되지 않으니 말이다."

"그동안 키워 놓은 개들이 있으니 조만간 뭔가 알아낼 겁니다. 자신을 위한 일이라면 물불을 가리지 않는 놈들이니 말입니다."

"개들 관리도 철저히 해라. 대변혁이 일어난 후부터 적폐 청산이니 뭐니 해서 부패한 자들을 몽땅 쓸어내 버렸으니 말이다."

"돈을 쫓아 꼬리를 치는 놈들이지만, 자신들의 목숨이 걸려 있다는 것을 잘 알고 있으니 알아서 처신할 겁니다."

"알았다. 그동안 잘 해왔으니 믿으마. 이제 그만 쉬고 싶으니 가보도록 해라."

"다음에 뵙겠습니다."

시영후는 헌원화에게 공손히 인사를 한 후에 곧바로 망루를 내려갔다.

천단을 나선 그는 진성능력자인 기사가 운전하는 차를 타고 티엔샤 바이로로 향했다.

얼마 안 있어 도착한 시영후는 현장을 살폈다.

수북이 쌓였던 건물의 잔해들이 많이 치워진 상태였다.

'흘러나오는 마나가 많이 줄었군. 예정보다 빨리 치울 수 있 겠구나.'

치워진 만큼 잔해에서 흘러나오는 마나의 양이 줄어들어 작 업 속도가 빨라지고 있는 것이 마음에 들었다.

모레 새벽에 끝날 것이라고 보고한 것과는 달리 이르면 오늘 해가 뜨기 전에 작업이 완전히 끝날 것 같았다.

'그들이 지하 기지에 들어가면 남아 있는 정보들을 볼 수 없 을 테니 미리 들어가 챙겨봐야 한다.'

일부러 작업 시간을 늦춰 보고를 했다.

대륙천안에서 온 자들이 기지로 들어서기 전에 그동안 이루 어진 성과를 먼저 확인하고, 관련된 정보들을 빼내야 했기 때문 이다.

'여기 일도 그렇고, 작전이 끝날 때까지는 집에 들어가기는 글렀군.'

준비할 것이 많기에 시영후는 현장을 떠나 창업 공사에 마련 된 지휘 본부로 향했다.

티엔샤 바이오의 잔해가 치워질 동안 해결해야 할 것이 있었 기 때문이다.

창업 공사로 들어선 후 현장 지휘 본부로 가자 호장민이 그를 맞았다.

"오셨습니까?"

"그래. 오늘 고생했다."

"어떻게 됐습니까?"

"대륙천안에 들이지는 못하지만 어르신께서 도움을 주시겠다고 결정하셨다."

"도움이요?"

"세계를 호령할 유력한 경제인으로 키우고 싶어 하신다. 그래서 게이트를 열고 주환이라는 자에게 에너지를 주입해 주시기로 한 것 같다."

"진성능력자로 각성을 시키시겠다는 겁니까?"

"그렇게까지는 아닌 것 같다. 아주 작은 게이트라 각성을 하지는 못할 테니 말이다. 아마도 그곳에서 2차 각성을 수월하게 할 수 있도록 도움을 주시겠다는 것이겠지."

"으음, 그렇군요. 그러면 주환이에게 진짜 도움이 될 겁니다."

"주환이?"

시영후의 눈이 날카롭게 변했다.

"어르신은 어떻게 보셨는지 모르겠지만. 저는 주환이가 세상에 빛날 재능을 가졌다고 봅니다. 호기도 높고 마음에 드는 녀석이라서 호형호제하기로 했습니다."

"어르신도 마음에 들어 하고, 네가 의형제로 삼았다니 난 놈은 난 놈인가 보군."

사람을 평가하는 데 인색하기 그지없는 호장민의 극찬에 시영후도 관심이 갔다.

"주환에 대해서는 그 정도로 정리를 하고, 놈들에 대한 추적은 어떻게 됐나?"

"지금 막 인도네시아로 들어서는 것을 확인했습니다."

"놈들이 움직인 경로에 나타난 바퀴벌레들은 어떻게 조치했나?"

"요원들이 동원되어 움직이고 있습니다. 조만간 박멸될 겁니다."

"예상한 대로 진행이 되고 있군. 어르신께서도 관심을 가지고 있으니 이번에 놈들의 실체를 정확히 파악해야 한다. 우리의 대계에 제일 방해가 되는 놈들이니 말이야. 그리고 만만치 않은 놈들일 테니 처리할 때는 주의하도록 해라. 쥐도 궁하면 고양이를 무는 법이니까."

"염려 마십시오."

중한전쟁에서 패배한 직접적인 원인은 비대칭 전력인 진성능력자 때문이었다.

준비한 군사 전력은 물론, 진성능력자들까지 무력화시킨 대한민국의 비밀 조직이다.

비밀 조직의 실체를 밝혀내고 말살하는 것이 중화의 자존심을 세우기 위한 계획의 첫 번째 단추였기에 호장민의 안색이 굳어졌다.

국가안전부의 부부장으로서 자신의 책임이 막중함을 다시 한 번 깨달은 것이다.

"확인을 해보고 싶으니 상황실로 가보자."

국내 제5열의 거점은 대부분 파악을 끝낸 상태라 이제는 국경을 접하고 있는 나라들의 거점을 파악해야 했다.

시영후는 호장민의 안내를 받아 창업 공사 지하에 마련된 상황실로 향했다.

◈　　　　◈　　　　◈

진호양이란 분은 중국의 국가안전부에 속해 있지만 천생 학자인 사람이다.

놈들도 이런 성향을 감안해 게이트 활성화와 관련해 벌어지는 일들을 철저히 숨기고 있었던 것이 분명하다.

"숨기고 있기는 했지만 자신의 감으로 뭔가 잘못되어 간다는 것을 느낀 것이겠지."

정신계 능력을 가진 이들 중에서 거의 최고라고 할 수 있는 A급 진성능력자다.

철저하게 감춘다고 하더라도 진성능력자 특유의 감으로 이상을 알아차리지 못했을 리는 없으니 오래전부터 망명을 준비해왔을 것이다.

"이번에 게이트를 열면서 자신의 연구를 완성하려고 하실 거다. 지금 떠나시라고 말씀을 드려도 듣지 않으실 테니 준비만 해두자. 위험해지면 연락을 해오실 테니 도움을 드리는 것으로 정리를 하자."

— 아르고스 온!

진호양 박사님의 일은 지금 당장 어떻게 할 수 없는 일이라 아르고스를 기동시켰다.

아르고스의 모니터에 호장민의 모습이 비춰졌다. 누군가와 어디론가 가고 있는 모습이다.

친한 것 같아 보이지만 호장민이 대하고 있는 모습을 보면 아주 깍듯하다.

"저자는 누구지? 부주석의 아들인 자가 저리 대하는 것을 보면 보통 인물은 아닌 것 같은데……."

엘리베이터를 타고 버튼이 달려 있는 패널을 누르는 것이 예사롭지 않다.

몇 개 버튼을 연달아 누르고 비상 호출 버튼을 누른다.

표시되어 있는 것 중에 제일 아래층인 지하 4층에서 멈추지 않고 계속 내려가고 있다.

"건물 밑에 뭐가 있는 거지? 창업 공사에 갔을 때는 아무것도 느끼지 못했었는데…….”

창업 공사는 몇 번 들렸던 곳이다.

들릴 때마다 심안으로 살핀 곳이었는데 지하에 뭔가 있다는 것을 알아차린 적이 한 번도 없기에 흥미가 일었다.

엘리베이터가 멈추고 난 뒤 밖으로 내린 곳은 제법 긴 통로였다.

CCTV는 물론 각종 보안 장치가 설치된 통로를 지나 호장민이 막힌 통로 벽에 손을 댔다.

마법진이 발동한 것인지 금빛이 일어나며 벽이 사라졌다.

“으음, 저긴… 아무래도 상황실인 것 같군.”

문이 열린 곳에는 계단식 강의실처럼 생긴 공간이 있었다.

전면에 있는 대형 모니터를 향하도록 만들어진 좌석에 이십 명의 사람들이 앉아 뭔가를 하고 있었다.

사람들 앞에는 책상을 이루는 평면의 커다란 패널형 모니터가 있고, 양손으로 그것을 터치하며 조작하고 있었다.

이십 명의 사람들이 조작하는 것에 따라 벽에 걸린 대형 모니터의 화면이 시시각각 변하는 것을 보면 일종의 상황실이 분명했다.

거대한 화면에 나타난 아시아 대륙의 전도 위로 붉고 푸른 표시들이 깜빡이는 것을 보다가 문득 깨달은 것이 있었다.

“저 표시들! 내 눈에 익은 것들이다.”

익숙한 표식에 의문을 느끼며 살펴보다가 놀라운 사실을 발견했다.

"이런!"

호장민이 바라보는 상황판에서 익숙했던 붉은 점들은 내가 거쳐 갔던 곳이다.

바로 국가정보원에서 운영하는 비밀 거점들이었다.

"저 붉은 점들이 모두 그런 거점일 것이다. 그렇다면 중국내 거점뿐만이 아니라, 인접국들의 거점도 모두 파악이 끝났다는 뜻인데…… 으음, 문제가 커지겠군."

내가 거쳐 간 곳들은 센터의 요청에 의해 국가정보원에서 제공했던 비밀 거점들이다.

"쉽게 드러날 곳들이 아닌데……."

대부분은 내가 모르는 곳이지만 장호를 구했을 때 머물던 곳도 포함이 되어 있었다.

인식 차단 장치가 설치되어 있을 정도로 아주 비밀스러운 곳이었음에도 표시가 된 것을 보면 특별한 방법으로 찾아낸 것이 분명해 보였다.

고민하며 살펴보니 인도네시아 쪽에서 아주 빠른 속도로 붉은 점들이 순차적으로 나타나고 있었다.

"추적을 당하고 있다. 저런 속도라면 공간 이동 능력자가 움직이고 있는 것인데……."

거대한 모니터로 만들어진 상황판을 보니 어떤 방법을 썼는지 모르지만 S급 진성능력자들이 추적을 당하고 있는 것이 분명했다.

축적으로 따져 봤을 때 대략 300킬로미터의 거리를 두고 빠르게 붉은 점들이 계속해서 나타나는 것을 보면 S급 진성능력자들은 자신들이 추적을 당하고 있다는 것을 모르고 있을 확률이 높다.

"더군다나 저 푸른 점들의 움직임을 보면 중국내 진성능력자 전원이 동원된 것이 분명하다."

붉은색 점을 기준으로 푸른 점들이 모여들고 있었다.

거점이 발견되자마자 중국의 진성능력자들이 붙었다는 뜻이다.

거점들의 분포를 보면 중국 내 거점은 모두 무너진 것이나 다름없었다.

"국가정보원 지침 상 거점은 현지인으로 구성하게 되어 있으니 조만간 피바람이 불겠군."

한중전쟁 이후 제5열에 대해서는 철저하게 대처해 오고 있는 중국이었다.

사회주의 국가의 틀을 벗어나지 못해 인권은 땅바닥이고, 웬만한 중범죄는 사형으로 다스리고 있어서 이번에 파악이 된 제5열들은 모두 죽을 것이 분명했다.

"돈 때문에 협조한 것이라 자업자득이기는 하지만 국가정보원도 곤란한 처지가 되겠군."

전부 발각이 된 것은 아니겠지만, 내가 본 정도의 거점이라면 거의 대부분일 것이다.

중국이 그 거점들을 쓸어버린다면 한중전쟁 이후 어렵게 구축한 정보망이 일시에 붕괴되는 것이라고 할 수 있다.

더군다나 남겨져 있는 정보들을 빼앗기기라도 한다면 정보체계를 전면적으로 바꿔야 한다.

국가정보원으로서는 실로 엄청난 타격을 입을 것이 분명했다.

"아무래도 이번 정보전은 국가정보원이 국가안전부에 패한 것 같다. 러시아와 중국이 합작으로 벌어졌을 확률이 높으니 러시아 쪽도 구축한 거점을 잃었을 테니 말이다. 거점을 잃더라도 국가정보원에 소속된 진성능력자들의 실체가 알려져서는 안 되니 조치를 취해보자."

S급 진성능력자가 추적을 당하는 것을 모를 정도니 빨리 조치를 취해야 했다.

중국에서 어떻게 추적을 하는지 알아내기 전까지는 귀환하는 진성능력자들이 절대 대한민국에 들어가서는 안 되었다.

"일단 창업 공사로 가자. 놈들이 알아차리지 못하게 연락할 취해야 하니까."

거점을 타격하기 위해 중국의 진성능력자들이 포위망을 구축하기 위해 몰려들고 있는 것 같으니 한시가 급했다.

새벽이 찾아오려면 아직 시간이 많이 남았기에 아까와 같은 방법으로 빌딩을 벗어났다.

티엔샤 바이오에서 잔해를 실어 나르는 도로는 밤에도 통제를 하고 있었다.

진입하는 도로들에는 검문소가 설치되어 있어 창업 공사 근처에 있는 빌딩 옆길에 차를 세우고는 골목길로 들어섰다.

'시작해 볼까?'

생각이 일자마자 전투 슈트가 몸을 덮었다.

곧바로 벽을 타고 옥상으로 올라가 빌딩을 건너뛰며 창업 공사로 이동을 했다.

'S급 진성능력자를 추적하며 정보를 수집해야 하니 그 정도 규모의 상황실이면 분명히 시도를 하고 있을 것이다.'

대한민국의 국가정보원이 운영하는 통신망은 중국과 러시아가 집중적으로 해킹을 시도하는 곳 중 하나다.

S급 진성능력자들을 추적하며 비밀 거점들을 찾아내고 있는 것을 보면 해킹을 하고 있을 가능성이 높았다.

놈들이 보내는 신호를 따라 들어가서 메시지를 남기면 들키지 않고서 국가정보원에 이런 상황을 알려 줄 수 있을 것이다.

창업 공사 옥상을 건너뛰려다가 멈췄다.

창업 공사 근처에 옥상에 가서 살펴보니 호장민을 만날 왔을 때와는 딴판이었기 때문이었다.

'그나저나 무식한 놈들이군.'

건물 전체에 압력 센서를 가동시켜서 누군가 접근하는 것을 아예 원천적으로 차단하고 있었다.

'뭐, 굳이 건물 옥상으로 가야하는 것은 아니니까.'

신호를 잡기만 하는 되는 터라 그늘진 곳에 숨어들어 가부좌를 틀었다.

― 접속! 채널 확인!

스킨 패널을 열어 창업 공사를 기점으로 드나드는 전파 신호와 마법 신호들을 살폈다.

여러 개의 채널들을 확인하다가 보니 국가정보원 통신망에 접근해 있는 것을 확인할 수 있었다.

암호화된 것이라 쉽게 뚫리지 않을 텐데도 채널을 세 개나 운용하며 해킹을 시도하고 있었다.

'역시, 있었구나. 이제 놈들의 보내는 신호와 섞여 들어가 메시지를 남기면 된다.'

― 채널 접속! 코드 분할 후 메시지 전송! 메시지는 코드 알파, 중국 내 라인이 흐트러졌다. 반복! 코드 알파, 중국 내 라인이 흐트러졌다.

채널 세 개에 전부 접속해 내가 보내고자 하는 메시지를 나누어 놈들의 신호에 붙여 보냈다.

그렇게 메시지와 함께 내가 가지고 있는 특유의 인식 코드를 같이 심었다.

'코드를 실었으니 내가 보낸 메시지는 믿어줄 테고, 이제 놈들의 관심을 돌리면 되나?'

지하의 상황실에서는 국가정보원의 중국 내 비밀 거점을 파악하는 것도 하고 있었지만 다른 것도 하고 있었다.

놀랍게도 바로 티엔샤 바이오와 잔해를 적재하는 벙커를 관리하고 있었다.

담당자를 다섯 명이나 배정한 것을 보면 무척이나 중요하게 여긴 다는 뜻이기에 해가 뜨기 전까지 깽판을 한 번 놔 줄 생각이다.

— 마나 엔진 가동!

곳곳이 통제되고 있어 차를 타고 갈 수는 없기에 전투 슈트의 마나 엔진을 가동시켰다.

〈『차원통제사』 제3권에서 계속〉